U0475276

老梁故事汇

《老梁故事汇》栏目组 编

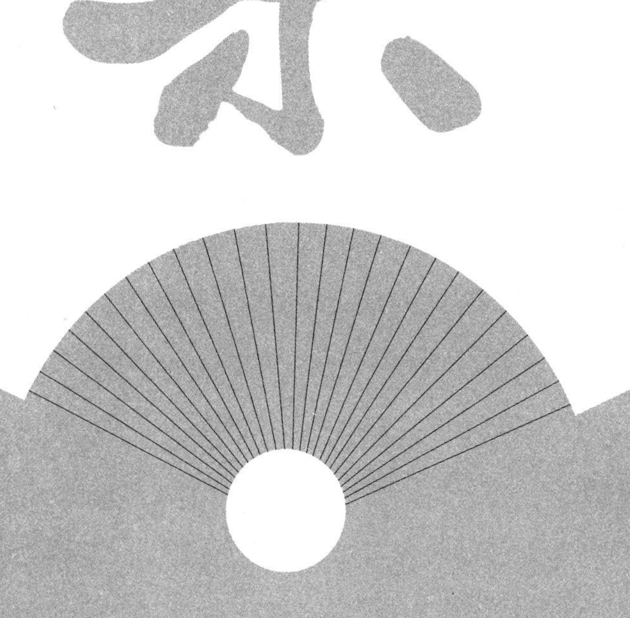

2 看社会

当代世界出版社
THE CONTEMPORARY WORLD PRESS

图书在版编目（CIP）数据

老梁故事汇．看社会／《老梁故事汇》栏目组编．—北京：当代世界出版社，2018.11

ISBN 978-7-5090-1437-0

Ⅰ．①老… Ⅱ．①老… Ⅲ．①故事－作品集－中国－当代 Ⅳ．①I247.8

中国版本图书馆 CIP 数据核字（2018）第 190395 号

书　　名：老梁故事汇．看社会
出版发行：当代世界出版社
地　　址：北京市复兴路 4 号（100860）
网　　址：http://www.worldpress.org.cn
责任编辑：高　冉
编务电话：（010）83908456
发行电话：（010）83908410
经　　销：全国新华书店
印　　刷：北京金特印刷有限责任公司
开　　本：710 毫米 ×1000 毫米　1/16
印　　张：16.25
字　　数：242 千字
版　　次：2019 年 6 月第 1 版
印　　次：2019 年 6 月第 1 次
书　　号：978-7-5090-1437-0
定　　价：48.00 元

1 热点聚焦

2 文娱视角

3 家庭关系

4 影视评析

5 职业评析

6 红楼梦中人

7 三国演绎事

热点聚焦

为什么流行『霸道总裁』

疯狂寻亲路：《失孤》背后的故事

情怀：《港囧》向谁致敬

为什么流行“霸道总裁”

“霸道总裁”引来无数女性追捧，
他们到底有何魅力？
“新大男子主义”大受欢迎，
背后的社会因素是什么？

任何一个时代，人们的择偶标准都是“萝卜青菜，各有所爱”，但对于异性审美这件事，不同的时代有不同的倾向，这一点在影视剧中的表现最明显。

在我们当下现实生活中，影视剧里什么样的男性形象最受女性青睐呢？——“霸道总裁”。

什么样的男人才能被称为“霸道总裁”？首先，最基本的一点就是得有钱，没钱也不会是“总裁”；其次，是长得高大帅气。最重要的是什么呢？霸道且专一。这里的霸道不是指蛮横粗暴，而是一种能让女孩子觉得安全可靠的感觉。说白了，就是一种“新大男子主义”。

这样听上去如此完美的男人，现实生活中有吗？几乎没有。为什么会在影视剧中受到追捧呢？这个问题，有多方面的原因。

“霸道总裁”和“新大男子主义”

“霸道总裁”这类男人有几个特点：首先有社会地位，有钱或者有点权力，就算不是总裁，也得是有头有脸的人物，这是物质方面；精神方面，他霸道，做事雷厉风行；感情方面，特别专一，喜欢哪个女孩子，就专一地对她好。简单总结就是：有钱，任性，还专一。

“霸道总裁”最流行的例子，是近几年争议最大的青春电影《小时代》里面典型的“霸道总裁”宫洺。商场上杀人不见血，可是在冷漠的背后，偏偏对一个叫林萧的女孩格外照顾。

郭敬明很善于引导年轻人不切实际的幻想。涉世未深的初高中女生，都幻想着自己也能像林萧一样，遇到这样一个“霸道总裁”。

但是“霸道总裁”这种形象不是近几年才有的。很多年前，台湾偶像剧《流星花园》里面就有一个这样的人物，他叫道明寺，是由台湾演员言承旭饰演的。主人公道明寺便是典型的“霸道总裁”，他是大财团的继承人，一呼百应，脾气火爆，行为任性，看哪个同学不顺眼，这人就得退学。但是唯独对女主角——穷人家的姑娘杉菜——一往情深，而且在追求的过程中，霸道劲儿发挥到了极致。他觉得杉菜必须要和自己在一起，若不顺他心意，整个世界都要被他翻过来。他要让全世界都知道他们的爱情，让杉菜成为最风光的女孩。这是大家印象特别深刻的“霸道总裁”的形象。

其实这部电视剧还暗示了一个审美标准的时代更迭。故事中杉菜最初喜欢的是花泽类。花泽类是一个“忧郁王子”。20世纪90年代，女生都很喜欢这种带有一些忧郁气质的男生。1990年世界杯，罗伯特·巴乔惊鸿一击的点球，给全世界球迷留下了深刻的印象，重要原因之一是因为他忧郁的眼神特别迷人。

自从进入新世纪，“忧郁王子”类型的男生逐渐遇冷，喜欢“霸道总裁”渐渐成为时尚。“霸道总裁”的性格有个相对学术性的词语，叫“新大男子主义”。

“大男子主义”是什么意思？就是男人在家庭中以自我为中心，自私，专横，对老婆呼来喝去，只想着自己而不顾及别人的感受，这种男人就是有“大男子主义”的人。“新大男子主义”时代，这类人依然专横，但他们不是为自己，而是为恋人好。这样的男人不但不讨人厌，还总能给人惊喜。他的这种专横，让女孩子们觉得自己就像公主一样被宠爱，虚荣心得到极大的满足。

一见杨过误终身

其实“新大男子主义”不是在现代偶像剧中才出现的，最早在金庸武侠小说中我们就见识到了。《神雕侠侣》中有一句话评价郭襄“一见杨过误终身”。杨过就是武侠世界里的“霸道总裁”。

年轻时的杨过命运比较坎坷，大部分时间都处于被侮辱和被伤害的处境，是“忧郁王子”类型。郭襄出场的时候，杨过已经是“总裁”级别的人物了，江湖人称“神雕大侠”。武侠世界里有钱不好使，拳头硬才能成为“总裁”。杨过刚结识郭襄，就带她游山玩水，看世间繁华；见老顽童，见一灯大师；还给了她三枚金针，满足她的三个愿望。在郭襄生日时，杨过动用了作为“神雕大侠”多年来的江湖人脉资源，大张旗鼓地去哄这个小姑娘开心：放烟花，烧蒙古军营，抓丐帮内奸，把新上任的丐帮帮主耶律齐挤兑成了看客。

杨过对郭襄的好特别霸道。对你好，你不收着还不行，事情都给办成了，这么多人看着，礼物丰厚的程度远远超出想象。杨过之后，再也没有一个人能带给郭襄这种令人震撼的体验，正应了那句话，“既见君子，云胡不喜”。

“灰姑娘”越来越多了

“霸道总裁”类型的人物很早就存在，但为什么近些年越来越流行？只是个在文艺作品中塑造出的完美、虚幻的人物形象，为什么女孩们却越来越喜欢？这与如今的社会发展状况有很大关系。

近些年，社会发展越来越快，女性在社会中承担的角色也越来越重要，生活压力渐长，所以在选择交往对象的时候，她们更注重对方的综合实力。

在社会生存压力相对不大的时候，房价不高，子女教育的经济负担也不重，年轻人结婚的时候对经济基础的要求自然也不会太高，两个人一起工作、养家，就挺幸福了。现在社会环境发生了改变，导致年轻人在择偶的时候对对方的经济实力越来越看重。人们常说“丈母娘抬高了房价”，很多姑娘不再愿意和收入一般的小伙子结婚，怕走上“贫贱夫妻百事哀”的道路。她们更希望能找到一个比自己经济实力好很多的另一半，在以后的婚姻生活中会省去很多经济上的压力和麻烦。

其实这种想法更多的是出于对贫穷的恐惧，是一种不理性的想法，因为依靠婚姻来提升自己的幸福指数，风险是很大的。

但是想法归想法，现实生活中，很多人真正选择另一半的时候，还是会把两个人是否合得来放在首位，毕竟对于婚姻生活来说，这一点非常重要。至于一些浪漫的、不切实际的幻想，就投射到文艺作品中去吧。不管男生还是女生，在社会上生存，最终还是要靠自己。只有通过自己努力获得的成果，才是最真实、最持久的。

疯狂寻亲路：《失孤》背后的故事

电影《失孤》为何有意避开苦情戏码？
一个是新晋电影导演，一个是老牌明星演员，
两人在创作中摩擦出了怎样的火花？
“失孤”家庭怎样在失去和孤独中踽踽独行？

刘德华主演的电影《失孤》，上映时引起了很大的社会反响。有人认为，刘德华是大明星，票房肯定高。其实不尽然。这部电影是一部文艺片，讲述的是一位伟大的父亲为了寻找被拐卖的儿子，十几年来走遍大江南北，行程近四十万公里的这样一个故事。故事是根据真人真事改编的。

这部电影最大的价值，是向我们反映了当今中国社会存在的一个严重问题：非法拐卖儿童。

现实版《失孤》

电影改编自一个真实的故事：山东聊城有个人叫郭刚堂，1997 年 9 月 21 日，他两岁的儿子被拐卖了，他决定放下手中一切，走遍天涯海角也要把孩子找到。从 1997 年开始，郭刚堂用了 18 年的时间去寻找被拐走的儿子。

电影开始的时候，刘德华饰演的雷泽宽出场：他骑一辆破摩托车，头发花白，胡子拉碴，脸上有很多伤疤，身上也穿得破破烂烂。

摩托车后座上插着一个彩旗，脏得都看不出原来的肤色。彩旗打开，上面印的是他两岁儿子的照片。

新闻报道说，刘德华的这个扮相在电影画面上呈现的时候，郭刚堂在电影院里看得难受，因为这就是他自己的真实写照。为了不影响其他观众，郭刚堂悄悄地站起来绕了出去。电影院都是阶梯形设计，他就在台阶上坐着看。电影中还有些幽默桥段，观众都在笑，只有他坐在那儿哭。他害怕哭出声，就用嘴咬着手指，把头埋到膝盖里。当时有记者也在电影院，便把这一幕记录了下来。

电影里有一幕戏是刘德华饰演的雷泽宽帮助井柏然饰演的曾帅找到爹妈后，村里人都往前走，只有刘德华没有走。镜头里，他脸上的表情既纠结又木然。人在痛苦中不断地煎熬，已经麻木了，因为痛苦已经深入骨髓，表面上反而看不出来。

什么叫失孤？失去和孤独。一个人在失去孩子的打击中孤独地承受着一切。刘德华演绎的就是这样一个人，一个父亲，让人既觉得可怜，也觉得伟大。

刘德华饰演农民，敬业不摆谱

有人好奇，这样一个农民的角色，为什么找光鲜亮丽的大明星刘德华来演？

其实是有原因的，导演想要用这种方式激发观众的期待。因为刘德华和农民之间的差距实在太大了，一听说刘德华要来演这部电影，演农民，观众自然会产生一种期望。

还有一点，导演不仅是为了票房，还想通过大明星的影响力，把电影主题和导演的个人意图传达出来，向全社会讲述拐卖儿童的危害以及受害者不幸的命运。

《失孤》的导演叫彭三源，最开始她要找刘德华合作的时候，心里很忐忑。一个大明星好不好合作呢？

有很多这样的事情，导演名气不大，想找一个大腕儿合作。大腕儿看完剧本会说，这里不对，得改，那里不对，得改。有时候演员坚持的东西可能是对的，但也有可能破坏了导演的整体思路，所以很多导演找大腕儿演员合作时都会有所顾忌。

彭导也有顾忌，结果等到了现场以后才发现，刘德华真是个敬业的演员。比如说有段拍铁索桥的戏，拍摄地远离大城市，翻山越岭得走四个半小时，到那儿拍两个小时戏，再走四个半小时回来。导演组把情况告诉了刘德华，他很痛快地就答应了，一路上跟着剧组吃了很多苦也毫无怨言。

有的情景，刘德华提议不用到现场去拍，后期技术就可以处理。但导演认为会感觉不真实，说既然电影是根据真人真事改编的，我们也应尽可能还原它，最好去现场拍。于是刘德华二话不说就跟着去了，没有给导演添任何麻烦。导演说去哪儿，他就跟着去哪儿，说怎么拍就怎么拍。甚至有些镜头，导演只是一种构想，后期可能会删掉，刘德华也会按照要求认认真真拍完。他的这种合作态度让在场的演员都很敬佩。

刘德华饰演一个农民，导演说他有点儿白，希望他能把自己晒黑一些，他就跑到海滩上待了一个礼拜，把皮肤晒黑了。在剧组里，刘德华也不摆架子，排队领盒饭时还会偶尔做鬼脸。

他是大明星，走到哪儿都有人跟着，所以有好几场戏，本来都计划好了，可到了现场一看，粉丝太多拍不了，只好另想办法。但是，刘德华依然保质保量地完成了这部戏，给我们带来了与他以往电影角色都不一样的一个形象。

这部电影，刘德华是当仁不让的主角。故事的主线是刘德华饰演的雷泽宽寻找儿子十几年的过程。此外还有一条副线，井柏然饰演的角色叫曾帅，小时候被拐卖了，长大后他依稀记得亲生父母的大致线索，就毅然决然地要寻找自己的亲生父母。还有另外一条暗线，一个妇女叫苏琴，她儿子周天意被拐卖了，于是她天天上街散发寻子传单，想让大家帮她找到儿子。最后因一直没有儿子的消息，苏琴受不了巨大压力，跳河自尽了。

跳河自尽这段戏很抓人。父爱和母爱有时候不是一回事。父爱是什么呢？孩子出生以后，男人抱着孩子，心想这是我的血脉、我的骨血，是这种深厚的爱。而母爱呢？是十月怀胎，一朝分娩，是同呼吸共命运的爱。母亲对孩子的爱，往往比父爱表现得更强烈。

再看井柏然那条故事线。曾帅小时候被拐卖了，长大后知道亲生父母的线索后，要寻找他们，这是非常强烈的一种感情。很多和他一样被拐卖的孩子，大多都不会主动去寻找自己的亲生父母，尤其眼下的日子过得很舒服，养父母家的家庭条件很好，对自己也很好。

曾帅找来找去，最后找到了。他跟自己的亲生父亲通电话时，本来他很渴望见到亲生父母，但是当他听到电话那头有个人说：“孩子，我就是你亲爸。”他吓得把电话扔了，马上就跑了。

为什么他会有这种反应呢？其实这是一个非常正常的情感表现。找了那么多年，世界上与自己最亲的人就是这个人。可是十多年没见过他，突然得管他叫爸爸，短时间内接受不了。

这部片子拍得非常细腻，非常深入人心。

是谁纵容了人贩子

很多人看完电影后，一边流泪，一边痛骂人贩子。人贩子把别人的孩子拐走后，再去转卖，卖给那些没孩子的人家，或者把孩子致残，让他们到街上扮乞丐要钱。

有时候我们在街头看到的那些残疾儿童，很有可能是被拐卖的。人贩子叫他们扮可怜，让路人动了恻隐之心，我们献爱心后，这钱就变成人贩子的了。

网络上有人倡议，人贩子都应该被枪毙。还有人建议更极端的办法，叫买拐同罪，意思是拐孩子的人该毙，买孩子的人也该毙。如果没人买孩子，还能有人贩子拐孩子吗？这是市场需求催生的，是导致犯罪的一条利益链。

买孩子的人和拐孩子的人一样可恨，但是不是也该毙，这个得就事论事。法律不是情绪化的，人犯再大的罪，也需要按法律条文处理，具体问题具体分析。

首先分析为什么有人买孩子？因为没孩子，想要个孩子。有人说，符合领养条件，办理正规的手续，到孤儿院领养个孩子，就可以了啊。但是，孤儿院的很多孩子是有疾病的，或是先天性，或是后天性。

有一个很残酷的现实。汶川地震之后出现了很多孤儿，起初很多人都要去领养这些孩子，但是见到孩子后，发现有的孩子因为地震造成了残疾，有的孩子有了心理问题，还有一些孩子先天就有智障，导致那些前去领养的好心人都打退堂鼓了。

我们不是质疑人的爱心。爱心不是一时的冲动，也得衡量一些很现实的问题。

领养孩子还需要办各种手续，对领养人的年龄、家庭状况等各方面都调查得特别详细，包括抚养孩子的能力，能否给他提供好的教育环境、医疗环境、社会环境。方方面面都要调查，手续非常麻烦。何况很多家庭是不符合领养资格的。

还有一点很关键，在办手续的过程中，领养人的信息很容易被很多人知道，包括民政部门、公安部门、街道居委会等。一圈手续都办好后，一大帮人都知道你家孩子是领养的了。大多数领养家庭还是喜欢封闭式，不希望孩子过早知道真相，能瞒多久是多久。

尽管领养是件光明正大的事情，但对于孩子来说，心里还是会有芥蒂。有些孩子知道自己是被领养的后，很容易产生心理问题，多疑，自闭，甚至自残自杀。这就是为什么有那么多没有孩子的中国父母，宁可用违法的方式去收养孩子，也不去按正常途径领养孩子。

买拐是否该同罪

对于买孩子的人，有人建议也该枪毙，认为正是他们提供市场需求，才造成犯罪。该不该呢？不该。

刑法里写得很明确，如果警方在解救孩子的过程中，只要买孩子一方不阻拦，不给警方制造麻烦，配合警方解救，就可以减轻或免于刑事处分，但是不代表不处罚。

刑法规定，买孩子的人最高可以判三年有期徒刑。

可是据我了解，关于非法贩卖孩子的案件中，没有几个买孩子的人被判三年的，最多也就是几个月，更多的是缓刑，还有免刑。

有人说三年太轻，就应该无期或者枪毙。为什么不能这样处罚？如果买拐同罪，买孩子的人因为怕被警方知道，怕被枪毙，整天担惊受怕，千方百计隐瞒消息，更会加剧孩子生存环境的恶劣。所以出于对孩子的考虑，严酷地对待买孩子一方，孩子的日子也不好过。

对于拐卖孩子的一方，《刑法》规定：犯拐卖儿童罪的，处5年以上10年以下有期徒刑，并处罚金；有某些情形之一的，处10年以上有期徒刑或者无期徒刑，并处罚金或者没收财产；情节特别严重的，处死刑，并处没收财产。

买拐双方，一方犯罪较重，另一方犯罪相对较轻，因此不能同罪。

法律的最终目的是要解救孩子，解救的过程需要当事人来配合。如果买拐同罪，买孩子的人和拐孩子的人就会结成同盟，这样一来，警方很难破案，孩子也找不回来。对于买方，减轻他的罪责，他便愿意配合司法侦破，警方往往能依靠他提供的线索抓住人贩子，避免了下一个悲剧的发生。

所以，如果我们在判断司法事件的时候，都由情绪化来主导的话，社会就乱了。

为什么《失孤》里要很克制地淡化一些煽情的情节？因为这部电影的目的不是为了让大家哭得鼻涕一把、泪一把，同情之后咬牙切齿地骂人贩子，骂买儿童的人，不是这样的。它的目的是让大家重视起非法拐卖儿童这件事，关注失孤者的精神状态，思考这部影片的社会意义。

讲人情，更要讲法律

电影结尾用了一段非常有哲学意义的、禅宗佛语般的话，很有意思。“这孩子，他来了，缘聚；他走了，缘散。你找他，缘起；你不找他，缘灭。”

其实这段话也解释了父母为什么要花那么大力气找孩子。人生在世，每个人之间都有一定的缘分，父母和儿女之间的缘分可能是人世间最为深厚的缘分，是最能打动人的缘分。

雷泽宽找孩子，其实就是：我找他，缘起；不找他，缘灭，今生的缘分可能从此就没有了。

以这样有哲理意味的话做电影结尾，其实是要告诉大家，父母和儿女的爱是天地间最伟大的爱，它不会因为空间的阻隔就轻易消失。为了把这份大爱留住，不仅全社会所有的力量要帮助父母和孩子团聚，同时我们每个人也应该为打击拐卖儿童现象奉献出自己的一份力量。

当然，我们在为父母与子女之间这份大爱动容的时候，绝不能忽视法律的存在。中国是人情社会，但人情的底线是法律。有些人可能因为种种原因无法生养孩子，但又特别想要孩子，那我建议你走正规法律渠道，去领养。

虽然我们分析了领养的诸多问题，可是问题都是需要人来解决的。无论是相关法律的完善，还是我们个人去提升自身的素质和能力，那些问题都能够得到有效缓解。

还有一种情况是，人贩子拐卖孩子纯属是为了一己私利，把孩子当作某种商业工具。这样的事情是我们坚决不容许的，还请社会上每个人都能做到依法监督，我们共同努力，让这些违法的、黑暗的事情从我们的生活中消失。

我们也祝愿那些父母和儿女失散的事情能够尽早地在人世间完全消除。如果真的失散了，也希望他们能够早日团聚，共享天伦之乐。

情怀：《港囧》向谁致敬

他是《人在囧途》中的李成功，
他是《泰囧》中的徐朗，
他是《港囧》中的徐来，
徐峥究竟是如何在《港囧》中呈现囧事一箩筐？
《港囧》又诉说了怎样的情怀？

徐峥导演的电影《港囧》上映后，在票房与口碑双丰收的情况下，还是遭到了一些质疑。很多人说《港囧》里面有太多港片的痕迹。

确实，《港囧》里面是有很多上世纪香港电影的元素，包括很多香港娱乐圈黄金时代的流行歌曲。电影里音乐一响起，勾起了大家对港片的无数回忆。那种感觉和氛围其实是非常美好的。

香港电影在很多人心目中有着非常重要的意义。《港囧》在一定程度上其实是在向香港电影致敬。

咱们就来说说《港囧》的前世今生和徐峥导演的电影情怀。

《人在囧途》系列电影的由来

《港囧》上映的时候，很多人都拿它跟《泰囧》比较。《泰囧》拍摄前，还有一部电影叫《人在囧途》。《人在囧途》成功之后，导演就与主演徐峥、王宝强商量，说下一步就拍一个《人在囧城》，把地点由路上转移到城里。

后来，徐峥休假去国外旅游了。在泰国时，由于文化上差距较大，游玩过程中闹出了一些笑话。

回国后，徐峥就琢磨，与其拍一个《人在囧城》，不如反差再大点，有冲突才能更有笑料。所以徐峥干脆自立门户，自己找投资，自己当导演，拍一部《泰囧》。这就是《泰囧》诞生的经过。

香港的文化元素形成了固有记忆

《泰囧》成功了，接下来徐峥难免要照方抓药，下一部电影叫《港囧》，拍摄地点是香港。

香港和泰国不一样，中国人在泰国通常是走马观花地旅游，但是对香港太熟悉了，正因为对香港太熟悉了，徐峥首先想到的是要把香港在大家记忆当中的印象拍出来。

首先，这部片子主要针对的是 70 后、80 后，而不是 90 后。如今的香港，高楼大厦林立，是一个越来越漂亮的国际化大都市，但是在七八十年代出生的人印象中香港不是这样的。

拿我来说，我脑海当中的香港是什么样子？是《英雄本色》里的香港，是《霍元甲》里的香港，是所有我看过的港片中所呈现的香港。当然，还包括香港的粤语歌曲，金庸先生的武侠小说，等等，那是一个令人无限神往的世界。所有的恩怨情仇和侠客江湖，似乎都是从香港而来。武侠小说、粤语歌曲、武打片、警匪片、黑帮片，构成了我对香港的记忆。

我记得，我在20世纪90年代第一次去香港时，香港还有很多烂尾楼、贫民窟、公租房，所以《港囧》里拍摄的是70后、80后记忆中的香港，并不是现在购物天堂般的香港。

有人说，这部片子不用去香港拍，找个三线城市一样能拍出这效果。这话没错，因为中国现在的三线城市比七八十年代的香港繁华。

这部电影体现的是那个时代的香港。在大家的心中，熟悉的不是香港的风景，而是一种文化符号，是粤语歌曲里的香港、警匪片里的香港、武侠小说世界的香港，是一个虚幻世界的香港。

徐峥导演的目的就是再现观众的香港记忆，而不是再现真实的香港。他先从中环开拍，然后到铜锣湾，一起一落，包括油尖旺、油麻地、尖沙咀、旺角一带，即便后来剪辑剪乱了也无所谓，只要把那些场景再现出来就可以了。

其实这是制作商业片的一种技巧，谁能捕捉到受众的记忆，谁就成功了。有些青春片，像《致青春》《小时代》《左耳》等，虽然片子质量不是很高，可是票房依然很高，就因为它勾起了大家的一些回忆和共鸣，大家愿意去看。这是电影的商业手段。

《港囧》第一是拍记忆中的香港，第二是引发大家对港片的追忆。香港电影没落了，但是在20世纪八九十年代，香港电影太辉煌了，各种类型题材的电影层出不穷，几乎影响了70后、80后两代人。这部电影里有大量的片断，就是取自大家所熟悉的港片。

电影里有个片段是香港导演王晶正在片场拍戏，拿着大喇叭在那儿喊。这个片段就是当时的真实写照，王晶导演在香港电影史上是一个符号化的人物。请他出演那一段，就是徐峥在向港片致敬。

请来黄金配角助阵

《港囧》里，徐峥请来了很多香港电影史上的黄金配角来出演。

有人问徐峥，请周润发、刘德华、黄秋生、吴镇宇这些得过金像奖或金马奖的大牌演员不行吗？首先，他们确实难请，但这不是最主要的原因。如果只请来刘德华、周润发两个人也是不行的，还要给他们配诸多的群像陪衬，这样一来，可能整个剧本结构都要改。

徐峥很聪明，想到用符号鲜明的港片元素。什么叫符号鲜明的港片元素？香港那些黄金配角。看过港片、熟悉港片的朋友都有这个体会，比如突然出现一个配角，可能就是个路人甲、警察乙、土匪丙这样的角色，但是你看到他就觉得这个演员曾在哪些片子里出演过什么角色，但要问他的名字，可能一时半会儿说不出来。像这样的演员，香港电影里有的是，就是所谓的“经典龙套”。

《港囧》里有一幕：有个坐在轮椅上的残疾人在商场里玩航模。那个残疾人是谁演的？田启文。他曾经是周星驰的经纪人，也当过副导演，艺名叫田基。

他在《九品芝麻官》饰演那个得了肺痨的少爷，后来得病暴毙而死，其实是让人给害死了。周星驰作为包龙星演县官，要开馆验尸。怎么验呢？在他身上夹了很多夹子，“仵作验尸”。当时拍的时候，这些夹子真夹在田启文的身上，但他挺着一动没动。

拍完以后周星驰问他："你疼不疼？""怎么不疼！""你怎么不喊呢？""导演没喊咔，我必须得一动不动。"这句话后来被周星驰直接挪到了电影《喜剧之王》里。周星驰在《喜剧之王》里饰演的尹天仇在拍戏的时候，周围人打他、踩他，甚至着火了，他都不动，他说导演没喊咔，所以他就不能动。这个灵感就来源于田启文。

还有一些人大家也很熟悉，比如长相特别怪异的"八两金"，《港囧》里也出现了，还有林雪、葛民辉、李蔡森等，他们都是香港电影里的黄金配角。

徐峥为什么要请这些人呢？就是要向港片致敬。

这些元素徐峥都用得很巧妙，还有一些地方是他直接模仿港片里的场景，比较典型的是包贝尔饰演的小舅子从百货大楼掉下来那一幕，是模仿成龙在《警察故事》里的场面。徐峥饰演的徐来用雨伞够到公共汽车那一幕，也是模仿《警察故事》里成龙追匪徒的场景。

甚至在台词上也有与港片相似的地方。徐来在公交车二层上，和小舅子争吵的那一段，徐来有句台词是"我等了20年，只是要证明，我的青春确实存在过"。这句台词从哪儿来？《英雄本色2》里，小马哥说："我等了三年，就是要等一个机会，我要争一口气，不是想证明我了不起，我是要告诉人家，我失去的东西我一定拿回来。"这是小马哥最经典的一句台词。

除了这些桥段，要唤起大家对记忆中香港的情感，光靠视觉不行，还得有听觉。《港囧》里运用了大量那个年代香港的流行歌曲。当时的乐坛有谭咏麟、张国荣、张学友、陈百强、陈慧娴、林子祥等，这些歌星当年出名的曲子在这部影片里大概出现了20首左右。

《港囧》把港片里的经典台词、经典场面、经典角色，以及香港的经典音乐，全都放在一起，试图唤起观众记忆中的香港。

《港囧》到底想要表达什么

在《港囧》这部电影里，徐峥到底要表达什么呢？

其实如果梳理一下《人在囧途》《泰囧》《港囧》这一系列电影，你会发现，这些其实都是反映一个男人回归家庭的片子。

《人在囧途》里李成功在事业上很成功，家庭外有个小三。在过年回家的整个过程中，他一点点体会到家庭、妻子、孩子的可贵，然后自觉地屏蔽小三，回归了家庭。

《泰囧》里的主角徐朗也是一个很成功的商人，他把所有的精力都用到了事业上，忽略了妻子的存在。在泰国转了一大圈，经历了一些事情之后，体会到家庭的可贵，又回到了家庭。

《港囧》讲的是什么呢？男主角徐来本一心想成为画家，却不巧当了名内衣设计师。他对自己的事业很不满意。表面上是在追求自己的初恋，实际上是在追寻自己未完成的理想。最后当他来到初恋面前的时候，他突然体会到，自己已经不是当年的那个自己了，和初恋也不会再有什么关系了，还是家庭可贵，折腾了一圈后回到妻子身边。

其实这三部电影反映的是同一个主题，就是人在感情世界里经历了各种各样的诱惑，最终发现家庭是最温馨的港湾。可能有人会认为这种说法有点假，但如果人到中年，你仔细体会一下，真是那么回事。外面的世界诱惑力再大，也没有家里踏实。人们总觉得追名逐利，享受成功带来的各种优越感，就是在追求真实的人生，但其实那些都是虚幻，都没有家庭给人的幸福感来得扎实。人到中年不能有太多超越现实的幻想，否则日子会过得鸡飞狗跳。

所以这几部戏反映的主题差不多是一样的，但我认为，《港囧》的意义、主题的深度和外延，要比《泰囧》和《人在囧途》都高。高在哪儿呢？《人在囧途》和《泰囧》是单纯反映要回归家庭的主题，是一种正能量，但是《港囧》不一样，除了回归家庭以外，还要认清自己，通过回归家庭，认识到我是谁。

很多人直到五六十岁了，才意识到自己该干什么，自己的本领到底有多大，脾气禀性到底怎么样。人最难认识的人其实就是自己。

徐峥扮演的内衣设计师徐来，上学的时候天天大谈凡高、莫奈、高更、毕加索，以及印象派艺术，他一直认为自己将来会是一个了不起的画家、大艺术家。可是后来，却当了个内衣设计师，尽管生活过得很富足，他还是不满意，依旧认为自己应该是个大画家。

杜鹃扮演徐来的初恋。她不仅仅是他始终没有完成接吻的初恋情人，还代表着他的大艺术家的理想，这二者是合二为一的。初恋即理想，他始终未能完成接吻，就意味着理想并没有实现。等到人到中年，他拼命想证明初恋的存在，想去追回那个未曾实现的吻，其实就是想要追寻大艺术家的理想，要脱离现在他认为庸俗的现实。但是兜了一圈，他才发现，根本不可能再回到初恋时代。他也明白，那个大艺术家的理想，他自己根本就做不到。借用他初恋的一句话："反正你画得也不怎么样。"

喜剧不能只讲情怀

这部戏里，徐峥要表现的恰恰是这些内容，只不过为了获得票房，他加了太多的东西进来。我们看《港囧》，整体没有《泰囧》那么紧凑，就是因为导演想要实现的东西特别多。

比如一个情景是汽车从立交桥上冲下来，导演本来的想法是，车飞起来，卡到两栋楼的中间，一点点松动，再掉到地上。

结果拍摄的时候导演组去跟香港政府和街道委员会协调，怎么也协调不下来。别看是烂尾楼，但是不能动。要是再找能拍的楼，离立交桥又太远，没办法，导演最初的想法只好放弃了。

徐峥有非常多的想法想在电影里实现，当然，还有非常重要的一个层面，徐峥一直在较劲。《泰囧》和《人在囧途》成功后，有人说，徐峥虽然是喜剧演员，但要离开黄渤和王宝强就玩不转了。所以徐峥自己也在较劲。凭什么离开他俩我玩不转？我也是个优秀的喜剧演员。在《港囧》里，他没用这两个人，找了一个比较年轻的演员，包贝尔。

说实在的，包贝尔是现在很多粉丝喜欢的类型，但是演技真的是乏善可陈，他和徐峥演对手戏，不能相得益彰，需要加强演技。

徐峥是一个很不错的导演，但是从喜剧市场的号召力上来说，他和黄渤、王宝强比还有一定的差距。

徐峥经过《港囧》的探讨，可能对喜剧的认识会更上一层楼。据说他下一部戏的名字都取好了，叫《印囧》，拍摄地点在印度。印度的主要特点是歌舞。徐峥到时候会用哪些喜剧演员，玩出什么花样来？我们充满期待。希望徐峥下一部的《印囧》能获得成功。

文娱视角

穿越时空的人——达·芬奇

科幻传奇，时空旅行，世上真的存在这样的人？
年少成名，全知全能，是天才还是运气？
美貌少年，白发智者，哪个才是他的真正面目？
欧洲中世纪的奇才，超越了五百年的智慧；
文艺复兴的开拓者，书写了怎样的传奇一生？

文艺复兴时期有一位了不起的画家，名字叫达·芬奇。说到达·芬奇，可能很多朋友会先想起画鸡蛋的故事。达·芬奇小时候学画画，老师让他天天画鸡蛋，达·芬奇画得有点不耐烦了，问老师，为什么要一直画鸡蛋呢？老师告诉他，每个鸡蛋都不一样，在不同的环境下呈现出的样子也是不一样的，画的时间长了，你的基本功才能练好。这位老师名叫韦罗基奥。

后来，达·芬奇画出了《蒙娜丽莎》和《最后的晚餐》那样非常有名的作品。

我们都知道达·芬奇是个伟大的画家，但是如果仔细研究，你会发现达·芬奇的能耐超乎你的想象。他不仅仅是个画家，而且还集物理学家、光学家、建筑学家、人体解剖学家、病理学家于一身。那个时代人类的大多科研领域，达·芬奇都研究过，更厉害的是他在每一个领域都研究出了成果。他不是一个简单的爱好者，而是在很多领域都有建树。

他凭一己之力做了那么多，这是怎么做到的呢？我们是不是可以这样猜想，用现在影视界比较时髦的说法来形容，达·芬奇是个有时空穿越能力的人，可以从未来回到过去，所以才能拥有博大的知识。

影视剧市场上，穿越剧曾经很受欢迎。有个规律，中国的穿越剧都是往过去跑，国外的很多穿越剧是往未来跑。但是不管中国的电视剧，还是外国的影片，穿越的主角都有这么几个特点：第一，颜值高，长得漂亮，凡是穿越的人，不管男女都特别漂亮；第二，有特殊才能，能耐得大；第三，从未来到过去的人，知道未来事，掌握未来技能，一定有那个时代人不具备的超前思维。

当然，这是穿越剧主角的三大要素，跟达·芬奇的那种穿越不是一回事。现实世界里是不可能有穿越的，但达·芬奇以他的超强能力，达到了穿越的地步。

相貌出奇地英俊

历史课本里面有达·芬奇的自画像。因为达·芬奇画画好，他给自己也画了一张：胡子挺长，有点谢顶，看着是位很睿智的长者，但也说不上丑俊。

这是不是真实的达·芬奇？是他没错，但这幅画是达·芬奇的中老年版，达·芬奇年轻时非常帅。他的全名叫莱昂纳多·迪·皮耶罗·达·芬奇，本名叫莱昂纳多，达·芬奇是他的姓。

达·芬奇的爸爸皮耶罗·达·芬奇是一个意大利贵族。据资料记载，凡是叫皮耶罗的都是贵族。达·芬奇的母亲是个农家女孩。

他父母相识相恋，后来就生下了达·芬奇，但他是个私生子。

他的父亲有合法的妻子，但第一个、第二个妻子都不生养，所以达·芬奇是他当时唯一的儿子。他很疼爱这个儿子，就把他带回了家。那时候，私生子没名分，没有继承权，所以后来他父亲又娶了第三、第四个妻子。第四个妻子也生了个儿子，这个儿子属于嫡出，有继承权。

因为达·芬奇没有继承权，父亲很是担心他以后的生活，同时觉得不能让他留在家里，其他几个妻子恐怕会害死他。为了让他将来能养活自己，决定送他去学手艺。

学什么呢？学绘画和雕塑。父亲给他找了一位老师，当时的艺术大师韦罗基奥，让小达·芬奇画鸡蛋的就是这位老师。韦罗基奥的画画、雕塑、手工都很好。

就这样，10 岁的达·芬奇被送到了艺术学校，基本十天半月才回家一次。达·芬奇父亲的几位太太觉得，他没有继承权，便也不再找他麻烦。达·芬奇在老师的培养之下，刻苦学画，茁壮成长。

一次，韦罗基奥接到了一个制作大卫铜像的工作。大卫是以色列一个著名的国王，人称“大卫王”。我们现在的扑克牌中，黑桃 K 上面的人物就是大卫，这个人是个英雄。一千个人心里有一千个大卫王的形象，一般水平低的艺术家不敢接手这项工作，但是韦罗基奥接了下来。不过接下来他也犯愁，大卫肯定是英俊潇洒的，但他没见过真人，该刻画成什么样子他也不知道。

他看达·芬奇正端着画盘认真作画，突然间眼前一亮：达·芬奇撸胳膊挽袖子，胳膊棱角分明，脸庞完美无瑕。达·芬奇小时候长得很英俊，英姿勃发，带有男人的阳刚气。

假如男士夸女士漂亮，那是异性相吸。女士夸女士漂亮，就是真漂亮。相反，如果一个男士说另一个男士很英俊，那是真英俊。人体美也是如此，女士的人体是富有曲线的。如果男士人体完美到一定程度，那是因为比例特别匀称。

韦罗基奥是做艺术雕塑的，对这方面更有鉴赏力。达·芬奇的身体让他赞叹不已，于是他以达·芬奇为模特做出了大卫的青铜像。这件事足以体现出年轻时代的达·芬奇颜值之高。

有人觉得韦罗基奥是达·芬奇的老师，凭他们之间有关系，他夸自己的学生太正常了。下面我们从其他人的角度对达·芬奇的颜值来分析一下。

文艺复兴时期，艺术界有著名的三杰，达·芬奇，拉菲尔，米开朗基罗。众所周知，米开朗基罗有一个大卫雕像，世界上最著名的大卫雕像就是米开朗基罗雕刻的。那么他是照着谁雕刻的呢？也是达·芬奇。

米开朗基罗也接到了做大卫雕像的活儿。文艺复兴时期，艺术三巨头关系不好，达·芬奇、米开朗基罗、拉菲尔是商业竞争关系，皇家经常派些活儿，如大卫雕像、雅典娜雕像等，根据艺术水平来分派任务。米开朗基罗不服达·芬奇，但是接了大卫雕塑的活儿，怎么办呢？前辈韦罗基奥是达·芬奇的老师，做了大卫青铜像，简直太传神了。他知道这是照达·芬奇的模样来做的，也认为这个是心目中最完美的大卫，于是也照这个做出了大卫雕塑。所以世界上最出名的米开朗基罗雕的大卫，原形就是达·芬奇。也就是说，米开朗基罗也认为达·芬奇长得帅，确实是个美男子。

少年时作画，一笔超越老师

达·芬奇的特殊才能之一就是绘画，他在学画期间能力就超过了老师。一次，韦罗基奥画了一幅画叫《基督授洗》，表达的是基督教里的洗礼过程，是《圣经》里的故事。基督请了一个叫约翰的传教士，让他给自己洗礼，约翰给基督洗礼的时候，无数个小天使出现了，四边飞着天使。韦罗基奥按照达·芬奇的模样，画了一个小天使，放在很重要的位置。画完之后，让学生看，其中有个学生特别嫉妒。为啥？这个学生是达·芬奇的情敌，他喜欢一个女孩，女孩不喜欢他，女孩喜欢达·芬奇。

这个学生很生气，恨透了达·芬奇，看到老师画的天使就是达·芬奇，妒火中烧，趁着老师回屋休息的工夫，把像达·芬奇的那个小天使抹去了。隔天，老师发现像达·芬奇的天使不见了，自己的画作也被破坏了，很是生气。达·芬奇看到老师整个人的状态这么差，便请求老师，自己去画布上补画那个像自己的小天使。达·芬奇刷刷点点几下子，小天使画出来了，寥寥几笔，神韵、气度、容颜、光彩，全面压过画面上的其他小天使。所有人都惊呆了，老师也感到很欣慰。

老师什么也没说，站起来把画笔一扔就向外走，因为他觉得达·芬奇已经远远超过了自己的创作水平，作为一个老师，再留在这儿已经意义不大了。从此之后韦罗基奥不画画了，只做雕塑和青铜像。

达·芬奇在绘画领域最高的成就是《蒙娜丽莎》。蒙娜丽莎不仅漂亮、迷人，最神秘的是她的微笑，嘴角微微上翘，显得特别有魅力。第二个神奇的地方是蒙娜丽莎的手，那个时候没有照相机设备，但画面上她的手就像真人的手一样，让人觉得有弹性、有温度。

那么，达·芬奇为什么能画到这种程度？达·芬奇对人体有研究，他的画有血有肉。达·芬奇为研究人体吃了不少苦。

为了研究，与尸体做朋友

西方有种说法，人死了之后，有全身可以上天堂，如果被破坏了，可能就得下地狱。所以研究死尸有很大的罪过，在当时属于政府的行政权力。达·芬奇冒着危险，研究人体。咋研究？偷偷摸摸跑到存放死尸的地方，把死尸背回家研究人体。后来有人传闻，达·芬奇用死人的内脏做药。做啥药？害人的药。达·芬奇能去做这些事，一方面是因为他父亲是贵族，另一方面他本人是当时政府认可的国家级艺术家。

所以说，达·芬奇为了研究付出了很大的精力，也冒了很大的风险，但是他也因此受益匪浅。他研究人体解剖学，骨骼肌肉，同时他亲自对人体解剖，获得了很多别人没有的知识，知道了身体内各器官的位置及关联，他甚至根据这些知识发明了一种心脏修复技术，他在病理学上的研究远远超出同时代的人。其他的病理学家只是琢磨，像中国古代有些医学家，悬丝诊脉相，头顶百会穴，脚底涌泉、足三里，少阴经、太阴经，只是隔着皮肤想象，没有一刀割开看得准。所以达·芬奇在病理学和解剖学上，全面超越那个时代的人。

穿越时空般超前的人

第三个特点，穿越人物一般具有那个时代的人不具有的超前思维。

为什么说达·芬奇是个穿越式的人？他研究的那些东西，就算放在今天也让人咂舌，比如飞行器、热气球，还有太阳能，他当时就知道把太阳照下来的能量储存起来。最厉害的是他当时已经研究了像人型一样的机器人，那个年代没有电，没有石油，而达·芬奇研究的机器人能站着，能自己坐下，能抬胳膊。他对机械原理、对能量原理这些研究，远远超出同时代人。甚至在数学方面，他的一些构想都比同时代那些科学家超前很多。

所以达·芬奇在那个时代，可以说能耐很大，但是也很孤独。为啥？缺少知音，没有人能跟他对话，没人欣赏，没人沟通，所以达·芬奇当时拥有的那些超前思维在我们今天看来，种种状况都是不可思议的。达·芬奇在西方科学界简直是前无古人，后无来者，没有人能达到他这种高度。

有人说，这是“长他人威风，灭自家锐气”，中国人也不差。

是的，中国人里也有一位这样的人物，就是北宋时期大科学家沈括。沈括是个政治科学家，军事上也可以。他当时做官，业余时间研究医药学。他家是中医世家，很厉害。矿物质学中的“石油”两个字，就是沈括提出来的。建筑学、兵器学、物理学、风水学、化学等学科，沈括都有涉猎。沈括有本书叫《梦溪笔谈》，植物学、动物学应有尽有。沈括也是和达·芬奇一样的，拥有如此超前穿越能力的了不起的人。沈括这样的人在中国历史上也是前无古人，后无来者，到现在中国科学界没出过一个像沈括这样的全才。

有的人觉得，达·芬奇这么个全才，好像在中国也不像那些国外总统或大人物那么出名。但是在中国当今社会，官本位、金本位，再加上各种各样的莫名其妙的玄学、成功学，在社会上一度横行，我们国家的科学素养整体水平不如西方发达国家。我们对科学的崇拜度，在一定程度上恐怕远远不如对权利、对金钱，对其他名利的崇拜度要高，所以这是为什么达·芬奇在中国名气没那么大，沈括在中国甚至籍籍无名。所以我们大家应该好好想一想，我们到底把科学摆到了一个什么样的位置?

宝丽金唱片：一个人的武林

它引领了香港乐坛的风潮，
它是香港巨星的缔造者，
它集结了超级豪华的明星阵容，
许冠杰、邓丽君、谭咏麟，张国荣，
一代歌神、歌后的背后，
究竟是谁为他们引航？

很多人还没等到真正步入中老年就开始怀旧了。怀旧有一个非常重要的热点。这几年大火的电影如《致我们终将逝去的青春》《港囧》《夏洛特烦恼》，都是用过去的流行歌曲把电影情节串起来。导演知道这个方式最容易触到你心里最柔软的地方。

关于流行音乐，有一个唱片公司是绝对不能忽视的。到 KTV 里点播歌曲，通常你会发现屏幕角上有个标志，叫 PolyGram，即宝丽金。

宝丽金公司现在没多大动静，但是在 20 世纪八九十年代，它是鼎鼎大名的。无论是去卡拉 OK，还是买磁带，要是买到宝丽金唱片公司正版的卡带，就会如获至宝，尤其是宝丽金十年金曲、二十年金曲，更是令很多人听得如醉如痴。谭咏麟、张国荣、许冠杰，以及童安格、齐秦，这些人都与宝丽金公司有过密切合作。

1970 年，欧洲资本进入到了香港音乐界，当时有个大唱片公司叫宝丽多公司，并购了香港的钻石唱片公司，准备在香港的音乐界拳打脚踢地大干一场。1972 年，宝丽多唱片公司和飞利浦唱片公司合并，取宝丽多前面的英文字母和飞利浦后面的英文字母，合成了 PolyGram，译为宝丽金。

为什么香港宝丽金能够做到成绩辉煌璀璨？这和当时的掌门人有直接关系。他的名字叫郑东汉，20 多岁就当了香港宝丽金公司的总经理，后来业绩越来越好，做到了宝丽金公司亚洲地区总裁。郑东汉是谁？大家可能不知道，但一说郑中基，很多朋友都知道。他歌唱得好，也能演戏。郑中基有个外号叫“太子基”。为什么叫太子基？太子的父亲是皇上，这个“皇上”就是宝丽金亚洲区总裁郑东汉。

掌舵者郑东汉

郑东汉原来是做什么的？也是玩音乐的。他的乐队叫花花乐队，他是吉他手。这个人重情重义，愿意结交朋友，性格上有优势，使得他在香港乐坛顺风顺水，打遍天下无敌手。他的做事模式是，想签约，先做朋友，把对你有用的事做到前头，以德服人，最后你会愿意跟我签约。

当时他是花花乐队的吉他手，花花乐队的主唱是谁？名气很大，叫泰迪罗宾。现在的年轻人可能不知道，我们那个时代的人对泰迪罗宾很了解。他其貌不扬，个头儿也小，只有一米五。成龙的电影《双龙会》里，泰迪罗宾扮演成龙的大哥，名叫泰山。

泰迪罗宾本名叫关维鹏，香港人，当年是以唱国语歌为主。有首歌叫《挥不去的思念》，非常好听，“我记得是与你相逢在梦中，往日片断涌上心头，与你许下的海誓山盟，如今早已消失在风中”。他很有性格，在花花乐队里主唱一段时间后，不愿意只待在香港，说世界那么大，想去看看，便开始云游世界。听说当年的哥们儿吉他手郑东汉当了宝丽金总裁，就找他聊天。郑东汉觉得他能耐大，唱得好，想跟他签约，对他进行包装。

泰迪罗宾其实已经不太想唱歌了，他想演戏，但既然好哥们儿这么说了，就决定试试。郑东汉就找人给泰迪罗宾写歌，可是效果不行，国语歌和英文歌都不火。为什么？他离开的这些年，香港乐坛发生了很大变化。20 世纪五六十年代，香港音乐界主要流行的是英文歌，以爵士乐为主，上等人听英文歌，其次听国语歌。什么国语歌？就是那种老上海的靡靡之音。粤语歌是下里巴人的歌。说白了都是些出大排档的、做苦力的人没事哼哼的歌。当时香港乐坛的几个高水平歌者，如徐小凤、凤飞飞等人，全是主唱国语歌的。

许冠杰以粤语歌曲走红

20 世纪 70 年代，情况发生了变化，香港乐坛出了一个非常了不起的巨星——许冠杰。许家有四兄弟：许冠文、许冠武、许冠英、许冠杰。“文武英杰”，都是香港娱乐圈响当当的人物。许冠杰是老四，他把粤语歌一下子带火了。粤语歌是那时才开始流行的，以前根本就不流行。

泰迪罗宾唱国语歌没有红，了解后才知道，现在最红的是许冠杰，而且许冠杰也是宝丽金公司的签约歌手，于是他向郑东汉了解许冠杰的情况。许冠杰是香港中文大学的高才生，不光能唱，歌词也写得很有文化内涵。郑东汉当初找他要签约，一起研究歌曲，告诉他唱英文、国语歌火不了，建议唱粤语歌。

郑东汉敏锐地把握住了香港当时的经济局势。那时香港刚刚成立廉政公署，一些贪污腐败现象正在被肃清，香港很快成为世界上最廉洁的城市之一。之前香港底层的百姓被贪官污吏压榨得很苦，现在贪官污吏被清扫一空，这些人的创造力释放出来了。香港一些以底层劳动力为核心的产业开始欣欣向荣，这些人恰恰是粤语歌曲的主要受众，他们的喜好带动了香港粤语歌曲的繁荣。

郑东汉觉得粤语有很大市场潜力，费了很大力气才说服许冠杰，请他写词并且找人给他作曲，合作出了第一首粤语歌曲——《铁塔凌云》，上市后很快就火了。之后又推出一系列粤语歌曲，大家最熟悉的《沉默是金》，就是许冠杰原唱。许冠杰之后是罗文，罗文之后才是谭咏麟，所以许冠杰是粤语歌手中第一代天皇巨星，捧红他的人正是郑东汉。

是谁捧红了邓丽君

我们更熟悉的一个歌手也是郑东汉捧红的，她就是邓丽君。

邓丽君那时候唱一些中国风的小民歌，在台湾已经很红了。宝丽多公司告诉郑东汉，日本人喜欢中国味道的东西，能不能找一个唱小情调的，漂亮、单纯点的女歌手，估计在日本能火。

郑东汉找来找去，用了三个月的时间在一个酒廊里找到了这个人。有一个女孩坐在那儿很安静地唱些小桥流水的东西，那么入耳，那么好听。她在台湾和马来西亚都有点儿名气，是台北来的，叫邓丽君。郑东汉马上问她："你愿不愿意到日本发展？"邓丽君同意了。郑东汉听了她的演唱，觉得这个歌手了不得。她不像许冠杰那么有特点，可是潜力更大。她的歌声让所有华人甚至亚洲人都能接受。她或许可以红遍亚洲。

郑东汉眼珠一转，先让邓丽君签约香港宝丽金，只要在香港，就能让她更红，台湾没有香港流行文化影响大。他很聪明，先把邓丽君签了，然后对邓丽君说，要想红遍亚洲，不能只在港台来回转，必须拿下日本市场，因为日本流行音乐对亚洲影响很大，需要先参加日本的红白歌会。什么叫红白歌会？类似中国央视春晚，是全日本瞩目的一个节目。他开始包装邓丽君，又找创作人给她写了《爱人》《我只在乎你》。《我只在乎你》大家最熟，"任时光匆匆流逝，我只在乎你"。邓丽君三度上了日本红白歌会，一下在整个亚洲红遍了。

郑东汉识人眼光非常了得，打造的许冠杰、邓丽君很快都红爆了。就是因为有这种手腕，宝丽金才能在他的手里做起来，且绝不是偶然。

谭咏麟、张国荣争霸是炒作吗

后来，郑东汉又挖掘出了香港的一大天皇巨星——谭咏麟谭校长。谭咏麟开始时组建了一支乐队——温拿乐队。后来乐队解散了，谭咏麟单飞，郑东汉把他签到宝丽金。签约后，谭咏麟在乐坛上的事业顺风顺水，最辉煌的时候，香港每年评选的十大中文金曲中，谭咏麟占了五六首，破了纪录。当年，谭咏麟一张唱片里十首歌，八首在各个流行音乐榜上上榜，其余两首也流传甚广，推出多少首能火多少首。

谭咏麟鼎盛时期就是在宝丽金公司。后来，谭、张争霸，谭咏麟和张国荣的歌迷死掐，谭咏麟一气之下宣布退出乐坛的颁奖。很多人怀疑，“谭张争霸”不见得是二人的歌迷在斗，很可能是内斗。

从1979年出道到1983年，张国荣签的就是宝丽金公司，但是没红，那时宝丽金公司的红人是许冠杰、谭咏麟。张国荣从宝丽金公司出来后，签约华新公司，华新公司给他做了一首英文歌曲《莫妮卡》，也没太火。再转到新艺宝唱片公司，出了三套唱片后，他才红了。黄霑作词作曲的《倩女幽魂》，一下子让张国荣大红。

新艺宝公司其实是宝丽金的子公司。郑东汉把许冠杰签下后，许冠杰的歌开始时很火，到80年代中期时有点过气了。郑东汉很讲义气，用另外一种形式继续包装许冠杰，并新成立了一个唱片公司。把进入影视圈发展的泰迪罗宾找来，作为股东成立新艺宝唱片公司。

很多朋友知道，黄百鸣有个新艺成影业公司，宝丽金跟新艺成合作，成立了一个子公司叫新艺宝唱片公司，许冠杰就签约于这家公司。后来，张国荣签约新艺宝。谭咏麟是宝丽金母公司的，而张国荣是子公司新艺宝公司的，两个人其实是一家公司。“谭张争霸”，更多人认为这是内斗。宝丽金作为母公司，高人一等。新艺宝艺人是二等公民，当年张国荣挑歌，得是宝丽金的艺人挑剩下的歌。不论是炒作还是内斗，那时宝丽金旗下的公司，几乎涵盖了香港乐坛的顶级大腕。宝丽金金曲，几乎是香港流行音乐最繁荣时代的具有标志性的作品。

不仅是以上提到的几位巨星，还有刘文正、徐小凤、邝美云、陈慧娴、周慧敏等人，都是宝丽金公司签约的歌手。而且，宝丽金的手伸到了台湾，并签了童安格、齐秦、张稿哲、郑智化等人。现在这些巨星有的已经过气了，有的转到大陆来发展了。当时两地歌星合唱的歌叫《永远的朋友》，这首歌同罗大佑的《明天会更好》一样，当时非常流行。

后来，由于网络时代的冲击，以及各种各样的社会原因，宝丽金唱片公司从巅峰期划过后，90 年代后期开始没落，新世纪后，就一点一点地不行了。2013 年，宝丽金公司搞了一个 40 周年演唱会，把当年的顶尖歌手谭咏麟、许冠杰等人都召集在一起，场面大得吓人，现场的听众如醉如痴，但基本都是 30 岁以上的人，他们对宝丽金当年创造的辉煌记忆犹新。那些震撼心灵、给人力量的流行歌曲，恰恰是青春时代的象征。听到它，就会勾起我们关于校园、考试、叛逆、恋爱等诸多回忆。当年那些青春年少的偶像巨星，走过 40 年之后，现在都变成什么样了呢？所以宝丽金 40 周年演唱会是一次非常不错的怀旧之旅。

滚石唱片：梦想与现实

它是台湾第一家本土唱片公司；
它是你我成长的纪录和记忆的轨迹；
它是华人音乐的里程碑与希望。
从早期的校园民谣风到后来的滚石巅峰，
滚石唱片如何在强手如林的唱片界一骑绝尘？

20 世纪 80 年代，台湾诞生了一个了不起的唱片公司。这家公司后来培养的歌手和发行的音乐，奠定了整个华语乐坛的基石。哪家公司呢？滚石唱片公司。

滚石唱片公司是当时唯一一个可以与国际唱片公司相抗衡的本土化公司。当时市场上最有名的唱片公司是宝丽金唱片公司。宝丽金公司是从香港极度商业化社会里诞生的，所以它的歌曲创作、发行等各个方面，商业味道都很浓。而滚石诞生自本土，有着浓厚的人文气息。

但滚石的经营没有宝丽金那么好，而且滚石三十年来基本上都是赔钱赚吆喝。有人问赔钱能有这么大名气？对，滚石就是一朵奇葩，一直赔钱，但名气一直很大，并且一直坚挺到现在。

咱们就来说说滚石唱片公司。

滚石唱片的来历

1980 年台湾乐坛有一对兄弟，哥哥叫段钟沂，弟弟叫段钟潭。

他俩在此之前受西方流行音乐（尤其是摇滚乐）的影响，办了一本杂志，叫《滚石》。办了五年，杂志总赔钱，干不下去了，哥儿俩就商量，咱们还能干点什么。喜欢音乐，那就干点儿跟音乐接近的，干脆咱开家唱片公司吧，就叫滚石唱片公司。

公司开起来了，得签歌手，签谁呢？当时潘越云刚刚在台湾歌坛红起来，那就签潘越云。

潘越云那时期的歌手在台湾唱的是民歌。大陆的民歌是民族唱法，台湾的民歌其实就是我们听到的校园民谣歌曲。潘越云那时是校园民谣歌手中的一个领军人物。

他们的演唱地点是在台北的各个餐厅、餐吧，在吧台前搬把椅子，坐着弹吉他驻唱，潘越云就是这么红的。滚石当时把潘越云签过来之后，潘越云比以前更红了，唱片公司也就挣着了钱。

罗大佑，滚石的重量级歌手

滚石要扩大规模，需要再找人。这时一个了不起的天才进入了滚石。谁呢？罗大佑。

罗大佑原来是学医的，毕业后当了外科医生，但他很有音乐天赋。他观察社会、观察人生的角度像手术刀一样犀利。罗大佑那阵已经给很多电影做过音乐，比方说《童年》《光阴的故事》，后来他又创作了《闪亮的日子》等大批优秀歌曲。

滚石要签他的时候，罗大佑整处于低谷期。他最初创作的一些歌曲叫响了整个台北，但是接下来的创作都带着一种对社会的批判，从哲学意义和高度看人生，这是一般歌手根本无法企及的。他当时转型创作了《之乎者也》。

《之乎者也》是首什么歌？绝大多数年轻人不知道，前边的歌词有“知之为知之，在乎不在乎，是否如此者，孔老夫子也”。你不知道他要唱什么，但是听结尾的时候，“眼睛睁一只，嘴巴糊一糊，耳朵遮一遮，皆大欢喜”，就知道整首歌的意思是，对年轻人你不要那么多看不惯，年轻人做的很多事情是上一辈人无法企及的。这么一首带有社会批判意味的，甚至可能触及当时的一些敏感话题的歌，刚推出来的时候，很多人一时难以接受。

而段钟沂、段钟潭这哥儿俩，就是极具人文精神的人，一听罗大佑的歌，说这个人太好了，马上把他签过来做专辑，专辑名字就叫《之乎者也》。

这张专辑里有很多我们耳熟能详的歌曲，比较典型的是《鹿港小镇》。《鹿港小镇》写的什么？在城市化过程当中，很多拆迁的人得到了好处，却发现自己原汁原味的生活没了。里边有句歌词“家乡人民得到他们想要的，却失去他们拥有的”，这其实也是我们大陆城镇化的一个缩影。

这首歌当时特别有名，一开始是“假如你先生来自鹿港小镇，我问你是否见过我的爹娘，我的家就在妈祖庙的后面，卖着香火的那家小杂货店”。对于很多异乡游子来说，如听仙乐一般，所以罗大佑这首歌在台湾迅速又火了一把。

辉煌的滚石为何赔钱

滚石因签了罗大佑、潘越云而挣了钱，接下来又签了李宗盛。李宗盛大家就更熟悉了。照理说这公司有这样的实力创作人，怎么能赔钱呢？因为段钟沂、段钟潭这哥儿俩有点乐过头了，说，看来咱们走的这条道是对的，既能保证人文情怀，还能挣钱，于是他们决意疯狂扩张。最鼎盛时期的滚石在台湾、香港、韩国、马来西亚都开了分公司，签了 200 名艺人。

但问题是，艺人怎么可能都挣钱呢？艺人必有高低好坏之分，合理的规模是把艺人数量控制到一定范围之内，选择最能赚钱的搭配方式是上策。但当时滚石盲目扩张，导致管理成本增加，管理的精细化程度不够，产品质量下降，最后很难把市场新的增量纳入进来。到头来成本提升了，新的增量没出现，准赔。

1995 年至 1996 年，滚石赔得一塌糊涂。滚石的一些歌手也意识到了公司的危机。当时李宗盛的创作能力很强，写了一首歌来形容当时段老板的心情，歌名叫《最近比较烦》，还找来周华建和品冠，仨人一块唱，还拍了一个 MV。

周华建唱的第一段，就是直接反映老板的心情，“最近比较烦比较烦比较烦，总觉得钞票一天一比一天难赚，朋友们经常有意无意调侃，说我也许应该改名，叫周转”。第二段更露骨了，直接把老板段钟沂的名字加了进去，“最近比较烦比较烦比较烦，女儿说六加六结果等于十三，我们老段说怎么办，他说基本上这个很难”。

这首歌刚推出来的时候，老段段钟沂没留意，等到火了才意识到，但已经晚了。但在结尾，给了这首歌一个光明的味道，三个人一起唱，“最近比较烦比较烦比较烦，我虽然心烦还没有慌乱，你们的关怀让我温暖，那是我最甘心的负担”。

李宗盛的意思，就是这些事都能顶过去。为什么李宗盛这么自信？滚石之所以这么赔都没倒下，是因为当时李宗盛成了第一流的制作人。李宗盛不仅自己唱得厉害，打造歌手的能力也是一流，尤其是以都市情怀、女人心情来打造女歌手。《鬼迷心窍》《寂寞难耐》等这些他创作的歌，把人的心情尤其是感情世界的东西，挖得非常精准。

最早期的一位歌手叫陈淑桦，可能有的人会不记得，但我一说她的歌词你可能会想起来，“你说你爱了不该爱的人，你的心中满是伤痕”，这是陈淑桦的歌。李宗盛先把陈淑桦推了出来，接着推林忆莲。

林忆莲的好歌太多了。“往事不要再提，人生已多风雨，纵然记忆抹不去，爱与恨都还在心里，真的要断了过去，让明天好好继续，你就不要再苦苦追问我的消息”，这是《霸王别姬》的主题歌。可能很多朋友听的都是张国荣版，其实这首歌的原唱是林忆莲。

李宗盛不光给女歌手写歌，也给男歌手写。赵传的《我是一只小小鸟》这样唱的：“有时候我觉得自己像一只小小鸟，想要飞却怎么样也飞不高”，这就是李宗盛写的。赵传一唱就红了。李宗盛挺郁闷，这歌要我唱会更好……赵传虽然红了，感情世界却一塌糊涂，老婆也离开他了，李宗盛又接着给他写了一首《我终于失去了你》。

李宗盛虽然创作了那么多脍炙人口的歌，但是滚石依然在赔钱。

滚石音乐的人文大情怀

一晃到了20世纪90年代末，互联网时代到来了。两位段老板想，我们的时代来了，这下该挣钱了。

为什么觉得能挣钱了？他们想的是，原来总是跟宝丽金抗衡，宝丽金是国际唱片公司，发行渠道遍布五大洲，我们比不了。可是互联网时代来了，传统发行的劣势渐渐不存在了。我们可以通过网络扩大发行范围，而且我们的歌曲本来就很有人文内涵。我们有一流的创作者，完全可以打翻身仗。

结果这哥儿俩的如意算盘又打错了。滚石接着赔钱。不仅滚石赔，整个唱片业都下滑。因为互联网时代，大家能在网上听歌了。那时候人人都能从网上免费下载歌曲，谁还买唱片？唱片业整体不景气。

互联网时代，由于盗版的存在，滚石接着赔。说到这儿，有的朋友乐了，没听说干买卖一赔到底还能坚持住的。两位段老板可真奇葩，从80年代开始赔到现在，赔了30多年还在坚持干。为什么呢？

首先得说这两个人是真有音乐情怀，他俩的青少年时期是受西洋音乐熏陶长大的。有人说，好像不对，台湾那时是蒋介石执政，新闻管控很严，只能听政府允许的歌曲，他俩上哪儿去听西洋音乐？这是有历史原因的。

20 世纪 50 年代末 60 年代初的时候，美国在越南打仗，台湾受美国政府控制，成了美国的越战士兵的修养基地。士兵们受伤了到这儿疗伤，治好了再去打仗。当时的台湾街头有大量的美国大兵，这些美国大兵需要有丰富的业余生活。当时台北有一个电台，专门播放西洋音乐，所以段氏兄弟很小就听到了大量的西洋音乐，包括摇滚乐、流行乐，了解到关于和平、关于爱、关于人存在的价值，他们从音乐里感受到了大情怀。这点非常重要，人文情怀一直是支撑他们事业的始终。

再有，这哥儿俩家底不错，一般人这么赔早坚持不住了，但他家还有别的产业，能支撑唱片产业，所以《滚石》杂志不办了之后，接着办唱片公司，并一直坚持着。

能让他们一直坚持下去还有一个重要的原因就是，滚石虽然赔钱，但是唱片质量比较高。齐秦、周华建、李宗盛这些人的作品很人文化，不是完全根据流行音乐的趋势而创作，也不是谁都可以唱的口水歌，这些也给滚石带来了巨大的声誉。虽然赔钱，但大伙都说你好，往往心里头会非常舒坦。

段氏兄弟中的段钟潭想，滚石的这些歌手，影响力很大，但比香港歌手的影响力更持久。因为他们的歌曲是具有人文气息的，有些人会喜欢一辈子，干脆就在这些歌手中找几位组成一个组合，然后办个世界巡回演唱会，到大陆和世界各地去巡演。最后组了一个什么组合呢？“纵贯线”。

“纵贯线”，很多人都知道，因为这里面的成员大家都很熟悉，有罗大佑、李宗盛、周华建、张震岳，这四个人在华语乐坛都是特别有分量和地位的歌手，把他们组合在一块，那就是强强联手。

这四个人开了三十多场“纵贯线”演唱会，后来还出了个专辑，为滚石挣回了一些钱。

2012 年，滚石在北京举办了“滚石 30 年演唱会”，演出歌手众多，有梁静茹、任贤齐、周华建、伍佰……华语乐坛大家比较熟悉的歌手几乎都来了，演唱会足足开了六个小时，演唱的都是些十分经典的歌曲，给了很多人一个怀念青春岁月的机会，也给了当代年轻人感受滚石音乐人文情怀的机会。

邹文怀：李小龙、成龙的幕后推手

他是李小龙、成龙成功背后的推手；
他与邵逸夫左右了香港电影半个世纪；
他就是香港电影事业家邹文怀。
是什么让他与老东家邵氏影业对簿公堂？
又是什么让他从对手那里抢过李小龙？

华语电影中，香港电影曾经留下了浓墨重彩的一笔，这是每个影迷心中不争的事实。20 世纪 80 年代末，录像厅里放映的大多是香港电影，李小龙、成龙主演的电影，以及许冠文的喜剧片。其实我们那个时候看到的香港电影，已经是人家十年前拍的了。可以说，香港电影的第一个鼎盛时期是 20 世纪 70 年代。

一提到 70 年代的香港电影，就不能不提到一家公司——嘉禾影业。它出品了哪些电影？李小龙的《唐山大兄》《龙争虎斗》，许冠文的《鬼马双星》，成龙的《A 计划》《警察故事》，以及 90 年代李连杰的《黄飞鸿》系列，都是嘉禾影业公司推出的。推出李小龙、成龙的幕后推手是谁呢？正是该公司的灵魂人物——邹文怀。

邹文怀如何奇思妙想拍电影

邹文怀什么时候开始独立运作嘉禾影业的？1970 年，邹文怀从邵氏影业公司出来后，与几个兄弟筹集了40万港币，成立了嘉禾影业公司。成立公司之后，拍的第一部电影非常有创意，片名叫《独臂刀大战盲侠》。可能很多观众朋友更熟悉《独臂刀》。《独臂刀》是张彻导演的，由当时的大明星王羽、潘迎紫两人主演。《独臂刀》的主角就是一个独臂大侠。后来徐克又重新拍了《独臂刀》，由赵文卓主演。《独臂刀》在香港非常受欢迎，家喻户晓。

与此同时，香港电影市场又引进了一部日本电影，叫《盲侠座头市》，也是一部武侠电影。盲侠，顾名思义，就是一个瞎眼睛的大侠，电影上映后，在香港引起了很多人的追捧。《独臂刀》和《盲侠》中的两位大侠客是香港人心目中的偶像。

邹文怀把握商机很敏锐，说要拍一部《独臂刀大战盲侠》。道理就跟《复仇者联盟》这类电影似的，把超人、钢铁侠、蝙蝠侠都集中到一起，很有意思。

当时邹文怀也是从这个角度出发。问题是如果要单编这么一个故事，用不同于原来影片的演员主演就没意思了，所以他首先说服王羽，让他在《独臂刀》里演独臂刀，然后又把日本演盲侠的那个演员给请过来，得是原装的独臂刀对盲侠才有意思。当时邹文怀下了很大功夫，最后也成功了。两人一块主演了一部新片子，最后电影在香港市场上反响很不错。

可是，邵氏影业公司的老板邵逸夫站出来了，说你这是侵权，盗版。为什么？《独臂刀》的版权属于邵氏影业公司，你没有经过授权，也不告知我，所以把他告上了法庭，邹文怀赶紧应诉。

经过了一年的审判，邹文怀总算胜诉了。为什么胜诉了？因为当初邵氏影业公司拍《独臂刀》的时候，邹文怀和王羽是主创人员，他们也拥有一定的著作权。一年多的官司打下来，他累得筋疲力尽，律师费也没少花。

邵逸夫表示要接着上诉，要求法院再审。其实，邵逸夫根本就不在乎《独臂刀》的版权，也不在乎票房分成，只是想利用这个诉讼拖垮刚刚诞生的嘉禾影业公司，拖垮邹文怀，让他根本没有精力用到公司业务上。他为什么这么做呢？是因为他太喜欢邹文怀了。

邹文怀于上海圣约翰大学新闻专业毕业，毕业后回香港，给《纽约时报》等几家媒体供稿。这个人既懂公关，又懂传媒，不到30岁的时候，经人推荐进了邵氏影业公司，成了邵逸夫的左膀右臂。公司里很多非常好的构想是他原创，邵逸夫批准实施的。包括当初拍《独臂刀》的时候请来张彻，彼时大导演张彻还很失意呢。挖掘了新人王羽，同时又把倪匡请来当编剧，这都是当时邹文怀的奇思妙想。邹文怀给邵氏影业公司立下了汗马功劳。

他因何离开奋斗13年的邵氏集团

但是13年后，邹文怀不满意了。第一，他一直是制片人、宣传主管，进不了公司的管理层，感觉邵逸夫不重用他，心里不太满意。第二，就在他准备自己单干一些事的时候，决心还没定下来呢，有个叫方逸华的漂亮的女人进入邵氏影业公司，就是后来邵逸夫的第二任太太。方逸华提意见，说应该从电影产业向电视产业转型，而邹文怀的想法却完全相反。

之后邵氏公司大量拍摄电视剧，同时又买下电视台，我们耳熟能详的那些 TVB 电视剧，基本都是那个时候拍摄的。但是邹文怀认为香港电影正是好时候，不能盲目放弃，两人的意见不一致。邵逸夫不仅采纳了方逸华的意见，而且直接把方逸华安排进管理层。邹文怀感到不公平且非常生气，于是出来和几个兄弟一起成立了嘉禾影业公司。

邵逸夫很宽宏大度，是一个了不起的人，不至于为这些事和邹文怀计较。那他为什么要采用这种方式把邹文怀的嘉禾影业拖垮呢？

因为邵逸夫非常喜欢邹文怀，他知道这个人有才，一旦要出去单干，必然是邵氏影业最强有力的对手。他不想让嘉禾影业发展起来，所以采用这种方式挤兑他。但这确实给邹文怀带来了大麻烦，因为论实力，嘉禾影业没法跟邵氏影业相提并论。面临诉讼时，邹文怀敏锐地嗅到了一丝战机。

李小龙初回香港拍戏，竟开出天价

什么战机？李小龙在香港出现了。他出生在美国，成长在香港，后来又到美国读书，在美国一边研究截拳道，一边拍电影、电视剧。当时，他在美国已经拍了《青蜂侠》《盲人追凶》两部电视剧，很火。香港有很多人希望李小龙能回来拍片子，因为大家都爱看武侠片，香港拍武侠片拍得最好。而李小龙的身手，大家一看，名不虚传，是真功夫，很多人崇拜他，希望看到他回来拍电影。

这个时候，李小龙对很多香港电影公司开出了条件。第一，我拍一部电影，工作时间不能超过60天，酬金不低于一万美金。今天看一万美金也没多少钱，当年香港顶级大腕儿的一部片酬也不过几千美金。李小龙那时还不能跟狄龙、姜大卫这些人比，张嘴就是一万美金。第二，本子得我说了算，我认为合适才拍。当时香港最大的邵氏影业公司知道李小龙很有票房，邵逸夫便直接跟李小龙谈，但他提的条件满足不了。他们认为狄龙一部片子才几千美金，李小龙要到一万，和下边的人没办法交代，只答应给一部片子两千美金的酬金。另外创作拍摄权都在导演这边，签约过程中，不能在外边接戏。

很多TVB演员为什么到内地来拍片子？因为他们在香港赚不着钱，一约签就是很多年，公司若要雪藏你，什么办法都没有。不是邵逸夫不重视李小龙，而是他没法打破规矩和管理体制。如果李小龙这么签了，剩下的人该“造反”了，他没法服众。邵逸夫只能谈到这儿，李小龙虽然没达到自己的要求，但是他知道邵氏影业在香港的地位有多大，所以李小龙说可以接着谈，可以商量。

李小龙提出，把要拍的剧本寄给他看看，但是邵逸夫并不同意。他希望李小龙回香港来，吃住全负责，然后再谈。李小龙心里很窝火，觉得自己条件降了不少了，对方还这样不肯让步。

邵氏跟李小龙没谈妥。邹文怀看到了机会，马上飞到美国，直接跟李小龙谈，说片子怎么拍，本子怎么改，你可以说了算，咱们商量着来，一部戏给你7500美金片酬。听到这个条件，李小龙很高兴，马上就回到了香港。不仅如此，邹文怀还鼓励李小龙成立工作室，可以以工作室的名义拿公司的股份，拍成片子之后票房分账。这就变成两个老板合作了。邹文怀这时是对李小龙下了血本，把公司股份给你，跟你分成，我就是看准了你的票房价值。李小龙和他合作的头一部片子《唐山大兄》，票房有 350 万港币，一下子创造了当时香港的票房最高纪录，两个人都赚到了钱。

接下来，他又跟李小龙合作拍了《精武门》《猛龙过江》，都是采用成立公司票房收入分成的形式，把很大一部分利润让给李小龙。后来又合作拍了《龙争虎斗》，还把《龙争虎斗》推到好莱坞，打败了好莱坞一线影片。嘉禾公司靠李小龙彻底在香港立住了。李小龙的这几部片子在香港上映后引起了广泛的轰动。

我们也知道，李小龙没拍多少部片子，他在香港拍的所有片子都是嘉禾公司制作的。在这种情况下，危机突然出现了，祸从天降，1973 年 7 月 20 号，李小龙莫名其妙地死在演员丁佩家里。嘉禾公司的这棵大树一下就倒了。

李小龙突然去世，他如何收拾残局

当时，李小龙给嘉禾合拍的一部片子《死亡的游戏》，刚拍了一半，人就没了。但是邹文怀也没抓瞎，用了什么办法？把以前李小龙片子里没用过的镜头找回来，再加上替身，把《死亡的游戏》片子弄完整了。

1978 年上映时，片名改成《死亡游戏》，在当时引起了很大轰动。

这种做法与后来的《速度与激情 7》一样，保罗沃克已经死了，导演通过找替身和运用 3D 还原技术，让保罗沃克形象再现。

邹文怀把李小龙的这些剩余价值基本上都发挥利用了。李小龙这棵树倒了，嘉禾再想立住，不能只靠吃老本，必须得找新人。邹文怀又发现了一个新人，当然这个人也不是他单独发现的，是这个人的弟弟向公司推荐了哥哥。弟弟是谁呢？名气很大，粤语歌坛的先锋级人物许冠杰。

陈慧娴、梅艳芳、林子祥、陈百强、谭咏麟、张国荣，都是粤语歌曲的天王、天后级人物。那么粤语歌曲的首唱者是谁？两个人：许冠杰，罗文。没有这两个人，粤语歌曲不可能有后来那么火爆。当年在香港，有个说法，一等人听爵士乐，二等人听老上海的国语歌，下里巴人听粤语歌。是许冠杰把粤语歌给救活了。

那时候许冠杰是嘉禾影业公司旗下的艺人，并向公司推荐他哥哥。许冠文在无线电视台当主持人，长得圆头圆脑的，看着挺憨厚，外貌说丑不丑，说俊不俊，口才还不错，而且很会写。当时他就觉得香港电影里缺点什么。不论是武侠片，还是国语片，总是缺乏香港本土市民，缺乏接地气题材。于是他就写了个剧本《鬼马双星》，反映香港本土市民文化，搞笑的剧本。

当初许冠文写好后拿剧本给邵逸夫看，然后提条件，说剧本拍完后利润得平分。邵逸夫有些生气，觉得他只是个小小主持人，还想平分利润。但是邵逸夫也不伤人，说本子有点问题，先改了再说吧，就把他打发回去了。许冠文不知道自己还能找谁。他弟弟说，嘉禾的邹老板不错，你拿给他看看。邹文怀看过后，敏锐地认为这个题材在香港肯定受欢迎。当时还没有这种类型的电影。

大陆的电影市场有很多葛优拍的喜剧电影。葛优演那些角色高大上，一张嘴就是格言警句、人生幽默，那不是一般老百姓能达到的高度。这些年葛优作为喜剧皇帝，一点点有被黄渤取代的趋势。为什么黄渤可以取代葛优？黄渤不高大上，没什么人生格言警句，特别接地气。而且中国弱势群体阶层常见的现象在他身上都演绎得淋漓尽致。

当时的香港电影就缺这种极度接地气的东西。邹文怀认为很好，要拍这个。他答应许冠文，成立公司，并且可以分利润。就这样，许冠文、许冠杰、许冠英，许氏三兄弟成立了一个喜剧公司，把《鬼马双星》拍了出来。结果《鬼马双星》在香港电影市场获得空前成功，票房超过了李小龙主演的电影。

邹文怀找谁来接替李小龙

嘉禾公司凭借许冠文的鬼马喜剧，进一步拓展了香港的电影市场。但是这时候邹文怀开始居安思危了，他知道早晚还得找新人。李小龙虽然去世了，但是武侠片可没过时，必须得找新的偶像巨星。他想到了谁呢？嘉禾影业有两个武师，一个是洪金宝，一个是成龙。这两个人作为七小福的人在这儿打工，其实就是替身演员。他发现俩人很有表演天分，就先用洪金宝拍了几部喜剧电影，票房还不错，但是没大火。

他就开始琢磨成龙，按照李小龙的路子给成龙打造电影，没成功，票房很惨。但他觉得这条路能走通，正在这个时候，成龙跳槽到了别的影业公司。1978 年，成龙拍了两部片子，《蛇形刁手》和《醉拳》，这两部片子把他的优势发挥了出来。成龙的表演就是杂耍式的武打，往往是在一个小屋子里边，屋里的锅碗瓢盆，拿起来就能当道具打，而且打得笑料百出。他跟李小龙完全不一样，喜剧特点特别明显，再加上他本身的演技，电影最终很成功。

邹文怀一看，这个路就对了。他花重金把成龙请回来，并按照成龙模式打造，然后也分给成龙股份，鼓励成龙成立自己的公司，跟他合作，而不是让他单纯打工拿片酬。成龙积极性非常高，组建成家班，出生入死。

成龙拍电影很冒险。别人拍武侠电影是要别人的命，成龙拍武侠电影是要自己的命。当时成龙凭借着他这种不要命的拍摄方法以及喜剧式的打斗风格，一下子红了。但是邹文怀并没满足，他想把成龙包装成国际巨星，认为他有这个潜质。

所以后来他围绕成龙设计了很多电影，《A 计划》《警察故事》等，把成龙推到了国际市场，成为李小龙之后第二个国际化的武打明星。

邹文怀的成功秘诀

今天我们说起邹文怀，都会觉得他了不起。了不起在哪儿呢？常人看来，每一次好像都是邵逸夫由于战略或其他问题而放弃了竞争，邹文怀才成功的。其实不是那么回事。

邹文怀的成功有非常重要的一点，关键在于他跟任何人合作是真敢让利，愿意把公司一部分的股份给别人，甚至支持对方成立自己的公司。

邹文怀的这种胸襟非常值得生意人学习。他告诉了我们一个颠扑不破的生意场上的规律，会赚钱的人、能赚钱的人，得先让人家赚钱，那样你才能赚着钱。

现在是互联网时代，选择创业的人也越来越多，这容易产生一种什么现象呢？一个行业挣钱，大家就一拥而上。一拥而上的结果就是行业之间的竞争特别厉害。有人说，有竞争才会有动力，发展才会更好。话是没错，但那是在一个市场相对稳定的状况下。我们现在是什么状况呢？一个行业迅速起立，又迅速倒塌，每一个进入行业里的公司或者个人都有着特别大的危机意识，时刻担心自己被淘汰出局。这种情况下，大家就只管自己吃饱喝足，兜里装够，哪里还顾得上其他人。

现在中国社会有非常多的新兴产业或创业公司，但是很多只是昙花一现，无法长久存活。什么原因呢？和社会大环境有关，和创业者自身更有关。

所以，做生意不能盲目，要有远见，要看到这个行业有前景你再去下手。还有重要的一点，做生意别总想着自己赚钱，要像邹文怀先生一样，不仅会做生意，更要会做人，这样你的生意才能做得长久，你才能在一个行业里立足。

大咖们成名前的样子

影视多面手，清洁狮子笼?
个性酷影帝，曾经出过家?
演艺界劳模，竟干过理发?

很多人都说，现在就是一个看脸的时代。这话不准确在什么地方呢？影视圈里真正的大腕儿级演员，大多数颜值不是很高。

演员这个职业有一个客观的要求，人物角色能把握到什么程度，并不是看演员长得多漂亮，而是看演员对角色的理解。对人物的理解来自哪儿？生活阅历。黄渤，以前看他就是个搞笑演员，突然间发现他的演技了得，演小人物的悲痛，那种内心独白的戏，他的诠释有着深刻的内涵，把握得很好。

黄渤以前当过驻唱歌手，还组织过走穴演出，当过舞蹈老师，甚至当过小老板，后来去影视学院进修，丰富的阅历才能让他有今天。决定影视大咖的高度是什么？往往是他们的生活阅历。我来说说大家非常熟悉的一些影视圈里的大腕儿，他们成名以前都是干什么的。你会发现一个规律，独特的表演技巧和方式，独特的气质内涵，往往与他们的阅历有着直接关系。

史泰龙曾跟狮子亲密接触

先从国外说起。很多朋友愿意看动作片，《敢死队》有史泰龙、施瓦辛格、李连杰等动作明星。史泰龙还演过《第一滴血》《洛奇》等。《敢死队》里，大家感觉史泰龙就是一个肌肉男，表情永远是那副啥都不在乎，明知山有虎，偏向虎山行，敢玩命不怕死的样子。他这样的硬汉气质与他以前的经历有直接关系。

史泰龙以前的工作是和狮子打交道，这与史泰龙的妈妈有关系。小时候，史泰龙的父母离婚，妈妈一直带着他，10岁那年，妈妈突然间就会算命了，成了个巫婆，而且算得很准，美国有好多人找她算卦。

史泰龙小时候上学，不知道自己将来能做什么。妈妈说他将来能当演员。史泰龙中学一毕业，马上就考到迈阿密大学戏剧表演专业。但大学上了半年，被老师劝退了，因为长得难看，台词也不行。

史泰龙的嘴角向下耷拉，因为他出生时受了伤。1946年，他母亲在慈善医院生的他，大夫一不留神，把史泰龙的面部神经给伤着了。小孩刚出生很娇嫩的，结果造成了面瘫。长相显得比较呆、傻，更主要的是影响了说话。

后来妈妈告诉他要先当编剧，于是他认真地研究怎么写剧本。他一边写剧本，一边做兼职，他兼职的工作是清洁狮子笼子。那时候，史泰龙天天面对狮子，就练出胆来了。我还怕人吗？狮子我都不在乎。所以你看他后来演戏时的感觉，就是这么练出来的。一来二去，他的剧本也写出来了，也有人认可。但史泰龙认死理儿。妈妈说我能当演员，所以用我的剧本就得让我演。一般的投资人哪敢这么冒险？很多人答应给他高稿酬，但是不让他演，史泰龙就是不干。

1976 年，他碰上一个人，答应让他演。当时史泰龙既是编剧，又是演员。1977 年电影一上映就火了。什么片子呢？很多影迷都看过——《洛奇》。《洛奇》里，史泰龙演一个叫洛奇的拳击手，籍籍无名，跟拳王较量。拳王是以阿里为原型的。由于电影是 70 年代上映的，拳王争霸赛不像现在是十二个回合，那时候是十五个回合。

当时洛奇上场的时候心里头就琢磨，只要不被他打死就行，抱着这种态度上去后，被打得鼻青脸肿。后来洛奇通过一点点锻炼，越来越厉害。首先史泰龙演的角色，就是个无所畏惧的角色，上台我也不怕死，挺到最后拉倒。这跟他当年面对狮子的心态是一模一样的。

《第一滴血》里也是这样的事：他是个越战老兵，退役回国后经常被警长羞辱：你以为你参加过越战就了不起了？他一来气，跟警长和那些警察打上了游击战，也是那么个天不怕、地不怕的角色，即便死也无所谓。这样的一个角色和气质，都和他当初干的工作有关系。面对狮子，他把自己的胆已经练出来了。史泰龙以前的经历，对于他的成长和演艺事业是非常有帮助的。

何家劲做过搬尸工

面对狮子的工作够吓人的，但有的明星以前干的活儿比这还吓人。他面对的不是活物，而是死的。干吗？搬运尸体。谁呢？

大伙儿很熟悉，著名影星何家劲，《包青天》里演展昭的那位。

1993年，他与金超群、范鸿轩合作，人称“铁三角”。那两位一个演包青天，一个演公孙先生，何家劲把展昭给演活了。展昭，别看他是个当官的，皇上封他为御猫，但是这个人很有侠气，有江湖气，比较洒脱。何家劲长得很漂亮，这股风格，这种侠气，让他演绎得出神入化。

2013年，何家劲还拍了几集怀旧版的《包青天》，导演组又找来金超群和范鸿轩，他们哥仨又演了一回。何家劲是怎么把展昭这种侠劲、义气劲演出来的呢？跟他的经历有关。

何家劲本来家境不错，父母在他八岁的时候离婚，他是跟着姥姥长大的。姥姥家境也可以，他被送去了英国的一个贵族学校就读。后来他开始练足球，香港青年队都邀请他进队了。可是正准备发展的时候，还有一两年毕业时，姥姥过世了，没人供他读书了。但他还得继续上学，没办法，只好白天打工，没工夫踢足球了。白天做往冰柜里运雪糕的活儿，晚上在太平间里干活儿，往冰柜里运尸体。

但是，挣的钱还不够交英国贵族学校的学费，后来没办法退学了。回到香港，当时想当演员。何家劲陪朋友参加亚视的考试，结果他被相中了，然后就进了亚视。1988年以前，他都是跑龙套，。1988年后签约华视，华视让他去扮演《包青天》里的展昭，他一下子爆红了。

新劳模：理发小弟很认真

经历丰富的人最后能走向成功，无一例外都有一个特点：勤奋。在演艺圈说到勤奋，有一个人不能不提，刘德华。他被称为“演艺圈里的劳模”。他为什么有这样的称号呢？也和他成名前的经历有关系。刘德华第一份职业是理发师。

2010年，香港拍了一个MV叫《人办》，请了很多明星。“人办”是香港话，普通话就是无赖、地痞、二流子的意思。刘德华演了一个80年代的流氓，烫了一个爆炸头。那头发谁给他烫的？他自己烫的，当年刘德华的理发手艺是很潮的。

他先学的理发，后来考上了无线培训班。他有个习惯，兜里随时揣着剪刀，在片场溜达时，见到哪个前辈或者是岁数差不多的人，谁头发长了，就免费给人家理发。

当时，曾志伟、谭咏麟、林子祥，他都给理过发，服务态度还特别好。一天，片场收工，他看到曾志伟头发长了，但曾志伟太累了，而且第二天早上七点半要出门。结果第二天四五点钟，刘德华就跑到曾志伟家，给他收拾得利利索索的。

他的服务态度好到了顶点，你想这样的人，人缘能不好吗？像周润发等那些大哥级的人物，提到刘德华，都说小伙子不错。以后一有机会，片子缺个角儿什么的，便分给理发小伙子刘德华。再加之他确实长得挺帅，还勤快，所以才拍了他的第一部片子《投奔怒海》，从此出名。

拍《投奔怒海》的时候，他认识了教他唱歌的林子祥。林子祥那时是香港第一流的歌星。后来，刘德华经过林子祥的指点和自己的不断努力，终于成了歌星。他靠的是给人辛辛苦苦地理发，获得好人缘，他这种勤奋劲儿，在演艺事业当中也是一以贯之的，始终是这个劲头，不懈地对待任何一份活儿。

当然，人缘好到一定程度也会有弊端，什么事都不好意思推掉，有时候没办法也接了一些不理想的片子。《富春山居图》是典型的他认为很差的片子，刘德华硬着头皮接的，甚至传出消息，他想买断这片子，为的是不让它继续上映。

放下自己：烂片也有好表现

有那么一个影视圈的大咖，演技很高，也得过金像奖、金马奖。不过他有个特点，不论片子多差，他在里边演个什么角色，大角色小角色他都能演活，片子看完，大家最后记住的就是他。

他是谁呢？吴镇宇。我们知道，有的好演员要摊上个很差的剧本，有时会发挥不出来。但是吴镇宇什么角色都能发挥。这和他以前的经历有关。吴镇宇当过和尚，不是在家修行的居士，而是庙里的和尚。

真人秀节目《爸爸去哪儿》，吴镇宇参与了，他在那儿盘腿看书，就是和尚打坐读佛经的姿态。吴镇宇最开始进影视圈的时候，很是穷困潦倒。他当时信仰佛教，心想干脆出家当和尚，一方面能修行，另外一方面庙里管吃管喝。于是吴镇宇就当了一段时间的和尚，后来还俗了，接着搞影视事业。

他对电影表演的理解，就和他这段学佛经历有直接关系。吴镇宇后来对媒体讲，修佛跟演电影是一回事。修佛讲要放下自己，自己的这点小快乐小烦恼同人世间的大悲苦不能比。普度众生，完善修行，得把自己的那点喜怒哀乐、七情六欲都放下。演戏呢，也是要放下自己，忘掉自己到底是谁，演保镖就是保镖，演黑社会老大就是黑社会老大，完全忘掉自己，投入到角色创作当中。

这是吴镇宇成功的一面。他从来没做过古惑仔、流氓，可是他演了那么多古惑仔、流氓都特别像。杜琪峰的《枪火》里，他演的角色，瞪着眼睛，你一开枪我就开枪，非常成功。凭那个角色，他获得了金像奖最佳男配角。

什么样的角色给他，他都能以一种淡然处之的态度接过来，好好琢磨角色。片子烂不烂，对手戏硬不硬，跟他没关系，他只负责演好自己的戏。这其实就是一种修行，超然世外的一种超脱态度。正是有这样专心致志的意念，他才能成为一代影帝。

就像我们经常说的禅宗。禅是什么意思？禅是不是可以这样理解——集中一切精力，做好一件事。禅的最核心精神就是专心致志。而吴镇宇呢，他做到了对自己所演绎角色的专心和笃定，所以他能够有所成就。

我们说的这几位：史泰龙、何家劲、刘德华、吴镇宇，其实不过是演员中的沧海一粟，但是这些人之所以成为大腕儿、大咖，无一例外的规律是与他们当年的生活阅历有关。

影视圈里，长得漂亮的男男女女太多了，可是有的演员经常靠八卦丑闻炒作自己，经不起观众和时间的考验。凡是大浪淘沙留下来的影视大咖，有几个人是光靠脸蛋吃饭的？

有人说，演员没门槛。一般的公司招聘还要看学历呢，而演员看起来是门槛低，不看学历。其实并不是这样，门槛分门里门外。别的行业和工作，你应聘成功了，算是打开大门了，以后的每一次晋升，只要你的学历和能力足够，机会是很多的。

演员是什么呢？山底下就是大门，太近了，推开门进里面一看，门槛老高了，想往上走，台阶一层一层的不容易上去。进门虽然容易，但是每一层台阶都代表着你对生活的理解。虽然进门门槛不高，但是它对人的生活阅历、对角色的把握和悟性的要求是非常高的。这些同样要靠后天付出的辛勤汗水和巨大努力。

刘德华有一句话说得非常好：“你们都说我是劳模，为什么呢？因为不是劳模的人早被演艺圈淘汰了。”

家庭关系

虎妈猫爸都不对

形形色色的『妻管严』

上门女婿不好当

虎妈猫爸都不对

严厉虎妈引发国内外众多争议?

慈爱猫爸是否能担任成才的摇篮之选?

为何完美父母都难有完美宝贝?

看 80 后个性家长，有哪些育儿绝招?

2015 年上半年，有一部称得上现象级的电视连续剧横空出世，名字叫《虎妈猫爸》，由赵薇、佟大为两个人主演，收视率非常高。这部剧剧情够丰富，里边有各种各样的家庭伦理元素、职场元素。最重要的一点，这部剧把整个育儿过程中的一些现象都体现出来了。早教问题，择校问题，学区房问题，隔代教育的问题等，剧里都有体现。

比较有意思的是，剧里这样形容一家人：虎妈、猫爸、羊姑，还有什么狐狸奶奶、狮子姥爷。有人说别叫《虎妈猫爸》，就叫《动物园一家》得了。为什么要用动物来代替这些亲人角色呢？因为这些亲人涉及怎么教育孩子。这个孩子叫兔妞，也是与动物名称有关。兔子什么意思？是所有动物里比较弱小的，是任人摆布的。

这些爸爸、妈妈、姥姥、姥爷、爷爷、奶奶，怎么对待这个孩子？不用说，像猫爸羊姑都是很慈祥的；像虎妈、狮子姥爷，都是很凶狠的；狐狸奶奶是变化多端的。总之，孩子是家里最弱小的。这部戏反映出来的种种教育观念，引起了很多家庭广泛的讨论。

虎妈引起某些家长焦虑

咱们结合电视剧聊聊做家长的该如何教育自己的小孩。剧里最引人的是赵薇扮演的角色，名字叫毕胜男。这名字一听就很强势。中国社会中女孩叫“胜男”的可不少，往往是什么原因造成的呢？在之前的社会，每个家庭都想要个男孩，有时候一连生几个都是女孩，最后索性就给女孩取名为“胜男”，希望这个女儿像男孩一样成长成才，满足自己的一种愿望。

也有人认为，这个名字的解释没有那么狭隘，真正本意是“巾帼不让须眉”。但是这个名字，的确是充满着一种斗争的味道——我一定要超过所有的男人。赵薇演的毕胜男就是带着这样一种心情来对待自己的孩子小兔妞，希望孩子长大后超越所有人，成为最优秀的那个人。为了能弄个学区房，甚至把别墅都卖了。她在电视剧里表现的教育方式，对很多人的现实生活影响很大。

我有一个女同事，孩子大概三四岁。她原来会说：“梁老师，我告诉你，带孩子，我才不按照什么棍棒底下出孝子的方式来，我遵循解放孩子的天性，给她充分的自由。因为我小时候就让父母管得太严格了，我不想让悲剧在孩子身上重演。”这番话倒是能看出她对于教育的洒脱，以及受西方解放天性式的教育理念的影响。

可是她自从看了这部电视剧以后，她说，坏了，紧迫感出来了。你看电视剧里那兔妞，别说上不了重点中学，就连上一所普通的小学都有问题。为什么？人家别的孩子都比她优秀，在幼儿园时期就开始学小学课程，刚一上小学，那些孩子几百首唐诗宋词就会背了，英语说得特别溜。如果我的孩子不行，我得多着急。

我记得那时候她的孩子刚上幼儿园，但是看完这个电视剧之后她的紧迫感就出来了，什么“快乐教育”全扔到九霄云外去了。相反，各种课外班、辅导班，全给孩子报上了。

虎妈原型在美国引争议

有人说，不至于吧，如果幼升小都这么紧张，将来还有小升初，还有中考、高考，那样的话，家长岂不得累死？其实虎妈毕胜男是有原形的。关注新闻的朋友一定能想起来，2011 年元旦前后，有一个美籍华人写了一本书叫《虎妈战歌》，她在书中毫不隐讳自己教育子女的观点。这位虎妈叫蔡美儿，她的两个孩子都是女孩，都成了音乐神童。其中有个孩子三岁开始学钢琴，七岁就拿了国际大奖。两个孩子都很优秀。她是怎么教育孩子的呢？

首先特别严厉，孩子必须得听家长的话，而且家长要控制孩子所有的生活。其次她给孩子约法十章，其中有：不能去学小提琴和钢琴以外的乐器；所有的课外活动必须得跟家长汇报；不能参加学校组织的娱乐活动，就是说，这两个孩子得按照我说的来做，学校的那些活动都别管……最后一条也是最严厉的，除了体育和话剧这两门课以外，剩下每门科目都要拿第一。

咱开玩笑说，多亏这俩孩子有年龄差距，要是在一个班，怎么可能有两个第一呢？那俩孩子势必得有一个挨骂的。可想而知，这位真实的虎妈对孩子是多么严厉。

教育孩子严厉是有道理的。她的俩孩子都是音乐神童，跟同龄人比确实很优秀。但是也有人不看好她的教育方式，比如说美国人就接受不了她那种教育孩子的方式，甚至认为她是虐待孩子！

蔡美儿一来气写了本书叫《虎妈战歌》，向美国人宣讲自己的教育理念。美国人看完倒吸一口冷气。我的妈呀，没见过这样教育孩子的，难怪中国人这些年经济快速发展，他们真厉害，教育孩子都到这种程度了。

其实在中国，也有很多人站出来反驳这位虎妈的教育方法，说这简直是地狱式教育。但也有很多家长表示支持。对于这位虎妈的教育理念，仁者见仁，智者见智，不同人看到了不同的教育层面。

虎妈狼爸，教出抑郁儿

当然，比虎妈更狠的，还有个狼爸。狼爸严格到什么程度？让孩子几岁就去卖报纸，大冬天让他穿背心短裤站雪地里锻炼意志。小孩到地铁口卖报纸，规定一天得赚回多少钱。这位狼爸的原型是个美国人，叫卡尔·威特，是位心理学家、教育学家。

狼爸的教育极致到什么程度？他老婆怀孕的时候，感染上了弓形虫，结果孩子生下来是智障。他把智障儿子教育到8岁就能说六国外语，9岁上大学，14岁获得哲学博士。世界最年轻的博士记录就是他儿子保持的；16岁又得了法学博士，现在在柏林大学教书。

很多人把他当作狼爸的典型代表，认为不运用严苛的教育，不鞭打棍捶，孩子没法成才。这种方式对不对呢？后果是什么？卡尔·威特的智障儿子，被他教育得变成了天才，结果这孩子一辈子没结婚，患上了严重的抑郁症，生活得非常不快乐。

大家也清楚，有相当多的家长用这种方法教育孩子，使孩子一直面临着巨大的压力。孩子觉得，万一我哪里表现得不够优秀，我就对不起自己的父母。这种教育方式往往会毁了孩子本应该纯真的人际关系。

我举个例子。孩子回家说，爸爸，今天老师安排了一个新同桌，他外语可好了。这时候，孩子对同桌是佩服的，这是两个人友谊的基础。但是，很多家长往往会这样对孩子说：你怎么不好好学习呢？为什么人家的外语那么好？家长这么一比，孩子心想，我得超越他。但人家外语基础好，时间长了很难被超越。慢慢由羡慕变成了竞争，由竞争不过变成了嫉妒，由嫉妒变成了仇恨。

大家想想是不是这样？你给孩子这样的压力，他的压力一定需要宣泄出去。若宣泄不当，就会转化成负面的情绪，甚至是暴力倾向。

曾经有一个新闻报道：贵州 13 个孩子合伙把一个 15 岁的孩子给打死了。原因是被打死的孩子太优秀了，不给他们抄作业，结果就被他们打死了。

人的天分毕竟有高有低，不可能世界上所有人都能考第一。家长恨铁不成钢，咬牙切齿地教育。孩子幼小的心灵承受不了，就一定会转移压力，无论转移到哪儿都将是一场不可预测的可怕灾难。

对于教育孩子，我认为孩子必须得管，所谓“小树得砍，小孩得管”。但是不能用极端的方式，逼着孩子多么优秀，一定要成为人上人，这是不现实的。

赵薇饰演的虎妈，她的爸爸在剧里被称作狮子姥爷。这说明什么问题？说明她自己小时候就受到这样的教育，等到她当妈妈了，又把这个方法传递给孩子，因为她觉得这样教育孩子是对的。

在这方面，虎妈的教训是值得大家吸取的。你别看孩子现在考试取得一个好成绩，但是他现在优秀不等于将来优秀，学业优秀、能力优秀。不等于他心理强大，不等于他一定会获得幸福的生活。

我们不应该只看眼前，觉得自己现在把孩子教育得很优秀，只要能超越别人家的孩子就好了。人的一生是漫长的，10 年、20 年、30 年后，你会明白，快乐和幸福才是人一辈子最重要的事。

猫爸错在哪里

再看另一个极端——佟大为演的猫爸。猫爸是什么意思呢？说白了就是对孩子百依百顺，怎么都好。这个人物在现实生活中也有原型，名字叫常智韬，也是一位美籍华人。他教育孩子是什么方式？你只要学习好就可以了，别的什么都由着你，你愿意怎么玩就怎么玩，用我们的话来说就是愿意惯着孩子。但他惯着孩子是有底线的，就是你要保证学业，此外，我可以让你顺着你的天性去发展。所以在他的这种教育方式下，他女儿成长的很快乐，也很优秀。因为跳舞好，他女儿进了哈佛大学，功课也很优秀。

但是我们看佟大为演的这个猫爸，他对孩子是完全没有底线，不仅是顺着孩子，甚至还替孩子刷牙，替孩子系鞋带，帮孩子写作业。完全纵容孩子。这一点中国人很理解，“惯子如杀子”，一味惯着孩子肯定是要出问题的。

其实这种事情在中国实在是太多了。古典小说《红楼梦》里，薛宝钗的哥哥薛蟠是有名的花花公子，吃喝嫖赌无一不做。他为了霸占丫头英莲，把人家未婚夫冯渊给打死了，吃上官司。最后谁来摆平的？他母亲王氏。薛姨妈跟王夫人是姐妹，都是老王家人。薛姨妈为什么自己出面摆平这个事？她是寡妇，丈夫死得早，薛蟠是他们家几代单传的宝贝，所以得对孩子好点。再一个，孩子打小没了爸爸，她有一种补偿心理，就是要无条件地宠爱他，不让他觉得因为父爱的缺失而感到失落。

有人说，不对啊，这个世上还有一种家庭现象比较古怪。比方说小鸡，它不能像老鹰飞得那么高，它就下蛋孵小鸡，再让小鸡努力地飞。这种情况，其实就是父母完不成的愿望，希望在孩子身上完成。这种补偿心理事实上是满足自己，自己的某种遗憾和补偿必须要通过教育孩子来达成。

有的人因为小时候父母给他的爱比较少，内心会感到孤单。等到有了孩子之后，就使劲儿地陪孩子，恨不得孩子天天都粘着他，他希望孩子得到各种他所欠缺的关爱。这也叫补偿心理。

完美父母难有完美孩子

越是对孩子要求完美，孩子越有可能出问题。这个道理你仔细琢磨琢磨，其实挺深刻的。很多人在要孩子这个时机上很重视，要个孩子都得是天时、地利、人和。等到孩子怀上以后，父母的所有注意力都放在了胎教上，唐诗宋词、古典音乐，轮番播放。等到孩子出生了，早教问题又一大堆。怎么解决？各种各样的办法和花样都有。

现代社会关于教育的信息多样繁杂，有些家长有时候都不知道听什么好，觉得每一个专家的建议都是有道理的，都可以实施到孩子身上。要我说，其实真的没有这个必要。父母过分地对孩子呵护，让他一点也不曾经历大自然的磨砺和风雨，孩子反而不容易健康成长。

有的家长在胎教、早教这些问题上根本搞不清楚。比如说关于小孩哭，有个外国教育专家说，哭就让他哭，孩子哭累了，你再去抱他。为什么？他之后就不会再用哭来威胁大人，他自己会培养耐性。家长一听，感觉说得很有道理。

几个月后，又一种说法来了——孩子一哭你就得抱他。为什么？你不抱他，他会觉得爱没有得到满足，幼小的心灵会受到伤害，性格就会畸形发展，会对孩子心理产生很大影响。家长一听吓坏了，多亏那种延迟去抱他的方法没实验几个月，赶紧改回来，孩子一哭赶紧抱起来哄哄他。

我的一位同事，是一个节目中心的主任。她三十多岁才生孩子，不知道怎么教育孩子才好。孩子如果要小火车等玩具，若不给，就连打滚带哭的，她就得赶紧买。还说什么如果孩子有要求，你不满足他，他就觉得没有人爱他，就会对世界失去信心。我说她这纯粹是在胡扯。

后来她按照我说的方法观察孩子，比方说孩子要的东西你不给，孩子就会哭。他哭的时候，你仔细观察他的样子：用手捂着脸，眼睛在手的后面偷偷地看，你要是没动静，他就继续哭，你要一说给你买，他马上就停止哭泣。

大人不要以为孩子是一张白纸，任何孩子心里都同时住着天使和魔鬼，这是人的本性。如果你教育不当，魔鬼就会出来；教育得体，天使就发挥作用。事实上孩子要挟你的时候，是魔鬼开始冒头了，你一个劲儿地惯着他，最后魔鬼会长成形，对孩子的成长是非常不利的。

这个事例告诉我们，你越是想按照一种完美的教育方式教育孩子，就越容易出问题。

讲到这儿，有的家长可能糊涂了，说我到底应该怎么教育孩子？

其实关于教育孩子这件事，我跟大家真诚地交流一下。我们教给孩子的不单单是能力，更应该教他什么是规矩。大多数家长带孩子都绝对地注重孩子的技能，报这个班，报那个班的，想让孩子成为天才，成为一个才华出众的人。但着眼于教导孩子学规矩的家长并不多。

我们说，一个人将来能力的高低，有的时候可能是天分决定的。

可如果你不懂规矩，往大了说，会不懂法律；往小了说，不懂人情世故，人际关系极差，最终收获不了幸福。

新闻里曾报道过，有个男孩到日本留学，在机场跟他妈妈见面，还要向他妈要钱。他妈妈不给他，他就掏出刀捅了他妈妈八刀。为什么会发生这样的事情？

这个孩子成绩很优秀，各方面都不差。为什么会这样做？家里没教会他什么是规矩。在这种情况下，他技能越高，往往对社会危害越大，因为他连基本的伦理道德都不懂，他不懂什么该做、什么不该做。

有人说，规矩怎么教？简单，孩子摔个跟头，有些家长过来跺地，嘴里还念叨：看把孩子摔的，我打你。其实是孩子自己走路不稳，怪地面干吗？这样的孩子从小就会有一个概念，我做错是别人的原因，跟我没关系。孩子长大以后，一旦有什么事情做不好，都会怨别人，从来不反思自己。这和他从小接受的教育方式有直接关系。

新闻里还报道过一事：澳大利亚有三个七八岁的孩子玩火，造成一百多户人家受损失。由于孩子太小，不用承担刑事责任。但是他们的家长带着孩子挨家挨户道歉，说对不起，给您造成了这么大的损失，我们非常抱歉。家长这么做就是要让孩子们知道，你做错事，就要承担责任，这就是从小给孩子立规矩。虽然你年纪小，不用承担责任，但是你必须认识到，你做的这件事是错误，甚至是违法的，以后绝对不能再做同样的事情。

有很多能耐很大的孩子长大后不会孝顺父母。这是因为父母从小没有给他传输这种观念，只教给他技能，没有教会他规矩。所以说真正的教育，首要是要教会他们懂规矩，了解基本的道德法则。“国有国法，家有家规”，人要没有规矩，寸步难行。

我的一个初中同学，他把孩子培养到什么程度？女儿现在上高中，已经拿到了美国哈佛的奖学金。他说，我的孩子是按照居里夫人的标准培养的，将来得拿诺贝尔奖，当个大发明家。可是那孩子现在是什么状态？不夸张地说，一个上高中的女孩，鞋带不会系，衣服也不会洗。

我跟我同学说，这样培养孩子有两个危险。第一，你按居里夫人的标准教育她，万一成不了居里夫人，她以后要怎么生活？基本生活技能她都没有。家里来了客人，叔叔阿姨都不会叫，怎么办？她怎么和谐地生活在这个世界上。第二，就算成了居里夫人，她还是得生活啊，她要结婚生子，与社会建立联系，但是她连与人相处的最基本的能力都没有。

所以说，只有拥有心理健全的、心态平和的、懂生活技能的人，才是好的生活伴侣。谁会要一个生活上都不能自理的伴侣呢？

只重视技能，不重视规矩和基本生存能力，孩子基本就是个废才。从这个角度来讲，无论是虎妈还是猫爸，单纯片面的教育肯定是有缺陷的。人父人母，外公外婆，爷爷奶奶们，你们好好琢磨琢磨、体会体会，如果认为我说的有道理，就及时纠正自己教育孩子的一些不正确的方法。

形形色色的“妻管严”

绅士风度，也是怕老婆的理由?
河东狮吼，究竟是怎样的典故?
英国女王，也有家庭烦恼?
怕老婆成了男人的常见病，究竟病因是什么?

拿怕老婆这事来说，我结婚的时候，哪个男的要说怕老婆，是一件很丢人的事。即使他真怕，在外边也得装横，要求老婆在外头给自己面子，回到家再赔礼道歉。可是到了现在，社会风气变了，怕老婆反而成了美德。哪个男的要说怕老婆，大伙儿就觉得这人可靠。电视剧里的暖男，好多都是怕老婆的。连动画片都这样演，说嫁人要嫁灰太狼。灰太狼抓羊去，抓着还好，要是抓不着，红太狼就拿平底锅打它。挨打完，灰太狼还得说：老婆大人，我下回一定给你抓一只羊回来。

怕老婆有多种多样的原因，除了因爱而怕以外，还有人是真的怕，因理亏而怕，或是因老婆娘家人厉害而怕，好多种情况。我结合现实社会给大伙儿说说各种怕老婆的情况。

野蛮女友真可怕

真怕是指什么？一种是自己的老婆确实有点胡搅蛮缠的劲儿，你要不让着她，她非得和你纠缠个没完；还有一种是老婆很强势，比丈夫能耐大。这两种情况下的男人都是真怕老婆。

韩国有部电影叫《我的野蛮女友》，不少朋友都看过，里面的傻小子是车太贤扮演的，女孩是全智贤演的。刚开始这女孩很爱管闲事，不论是别人比她能耐大、地位高，还是胳膊粗、力气大，她不都不在乎。只要是她看不惯的事，她就一定得出头。

他们两个刚开始谈恋爱的时候，女孩儿的蛮横特质就出现了，想试试这河水深浅，就把男朋友给推下去了。穿高跟鞋走累了，要和男友换鞋，让男友穿上她的高跟鞋走路。

这样的女孩属于那种很强势的类型。男人和我在一块儿，你就得让着我，有的时候还搞点家庭小暴力。过去说家庭暴力，咱都觉得是男人打女人，其实现在，女人打男人的也不少，女打男打得更隐蔽，男的更不受重视。比方在大街上，如果一个女的给男的一大嘴巴，旁边很多人会说：活该，打他。如果是男的打女的，旁边人就会说，你怎么能打女人呢？你还是男人吗？

有时候男人怕女人，不是说男人打不过女人，而是因为绝大多数情况下，女人从体力上来讲是打不过男人的。但为什么男人要怕女人呢？关键原因在于，长久以来，就社会情况而言，女人属于弱势群体，一旦男女双方发生冲突，多数人会本能地同情女人。我们经常会说一些男人很有绅士风度，其实他们的绅士风度是被社会舆论给逼出来的。另外一点，女的要是太狠了，男的会害怕。

哈尔滨曾有这么一个案例，有人报案，说两个强盗把我媳妇抢劫了，警察到现场一看，是有两个抢劫犯，但是他们都躺在地上，被打得奄奄一息。报案者的老婆站在那儿，斗志昂扬的。怎么回事呢？两个抢劫犯拿出刀来抢劫，她老公吓跑了，打电话报警。二人便抢这女人的项链、手表、手机、钱，然后就摘她耳朵上的金耳环，把她的耳朵拽出了血。女的急了，你们抢劫就算了，怎么还弄伤我呢？怒从心头起，把身上背的包抡起来，噼里啪啦，把两个抢劫犯打得鼻青脸肿。难道这俩男的打不过一个女的吗？不是打不过，而是这女人突然间厉害起来，出手太快，大大出乎两个抢劫犯的预料，惊讶得忘记了反抗。

现实中，有的时候男女打架，女的一狠，男的就害怕了，没想到她能这么狠，就是这个道理。要是女的上演家庭暴力，男的一般都扛不住，是真怕。

强势的老婆让人怕

第二种情况是什么？女的太强势。

有部电视连续剧叫《婚姻保卫战》，反映的是一群男子汉怕老婆的事。黄磊演的角色叫许小宁，老婆是袁立演的。袁立是一个做箱包生意的公司老板，她就是那种非常典型的女强人，习惯了在单位管员工，回家之后，也是按照管理员工的方式管老公。

许小宁为什么心甘情愿受他老婆管教、被欺负，因为他没有财政大权。老婆挣钱多，他是个家庭主夫。甚至有的美女向他借钱，他都得从买菜的钱里扣出来给人家，确实是很没有面子。但是没办法，老婆太强势，家里一切都她说了算，丈夫许小宁是没有发言权的。

所以这种男人真怕老婆。

但是这两种真怕，不论男的能接受还是不能接受，都不是好现象。谁都有尊严，时间长了，哪里有压迫，哪里就有反抗，哪里压迫的时间越长，可能反抗的就越激烈。

我举个例子大家就明白了。伊丽莎白之前，英国女王叫维多利亚。维多利亚女王的丈夫是个亲王，地位肯定不如女王。维多利亚总是对丈夫颐指气使，她老公心里也很窝火。有一天他们吵架，一赌气，丈夫转身进屋把房门锁上了，不给维多利亚开门。

维多利亚女王在外边敲门，她老公在屋里面问：谁呀？女王回答：我是维多利亚女王。里面不吱声了，不给她开门。维多利亚女王很聪明，坐那儿想了一会儿，再次敲门。里边问：谁啊？维多利亚回答：我是你老婆维多利亚。这回门打开了，俩人热烈拥抱。

这说明什么问题？小两口过日子，丈夫和妻子是两个家庭角色，不要把你的社会角色，什么处长、厅长、局长、市长、总经理、CEO、总裁，这类社会角色带到家里。在家里，你们就是彼此的丈夫或妻子，互相疼爱，互相理解，这样才能白头到老。

如果把社会角色带到家里来，肯定乱套。老婆作为强势的一方，应该体谅丈夫。回到家里，你要学会角色转换，事业和家庭不是一回事，真怕老婆与因爱而产生的怕不是一回事。真怕绝不是件好事。

河东狮吼是真事

第三种情况是理亏心虚才怕。

有时候当老婆的说丈夫的时候，如果丈夫心虚，那是因为做了对不起老婆的事，他才会怕。

古天乐、张柏芝主演过一部电影叫《河东狮吼》，张柏芝扮演的妻子叫柳月娥，她丈夫是古天乐演的，叫陈季常。陈季常就特别怕柳月娥。陈季常有个好朋友叫苏勇，苏勇觉得他太窝囊了，就撺掇陈季常怎么反击老婆。结果这事让柳月娥知道了，说，好你个苏勇，背后挑唆我们夫妻，得，我上你家找你去。她去了苏勇家里，把苏勇家里人吓坏了，柳月娥气场非常强大。

为什么陈季常这么怕老婆呢？就是因为理亏心虚。陈季常和苏勇都是文人，经常坐到一块儿喝个小酒，吟诗作赋，为了解闷儿，会招一些歌女来唱歌跳舞。说白了，这男人有色心，经常背着老婆找乐子。

最开始柳月娥发现丈夫这种情况后，直接把那些歌女撵走了，然后坐在桌边跟两个男人说，你们怎么回事，喝酒就喝酒，怎么还不老实？把俩人一通臭骂。最后陈季常和苏勇琢磨来琢磨去，说咱以后尽量躲着自己的老婆吧。这是他们心虚的表现。

无论柳月娥如何骂陈季常，陈季常都不敢吱声，因为做贼心虚。咱常说一个成语叫“理直气壮”。为什么能“气壮”？因为“理直”，没做亏心事怕什么。可是陈季常理不直就会心虚，老婆来劲了，他就没有办法了。

电影《河东狮吼》不完全是虚构，历史上真有这样的故事。这个故事里，妻子确实姓柳，但是不叫柳月娥。丈夫陈季常是北宋时期的文学家，实有其人，而且挺有名气。苏勇也有原型的，原型是谁呢？北宋大文豪苏轼。

苏轼和陈季常两人关系很好。有一次，陈季常和苏东坡看歌女表演的时候，被陈家的丫鬟看见了，丫鬟就跑回去告诉柳夫人。柳夫人非常生气，不仅当着众人的面，把桌子掀了，还把陈季常打得脸上青一块紫一块的。苏东坡觉得挺扫兴，就写了首诗，“龙丘居士亦可怜，谈空说有夜不眠。忽闻河东狮子吼，拄杖落手心茫然”。

“龙丘居士”指陈季常，就像苏东坡叫东坡居士一样。“龙丘居士亦可怜”，意思是说我的朋友陈季常太可怜了。“谈空说有夜不眠”，我们哥儿俩彻夜不睡觉在一起谈论人生哲学。“忽闻河东狮子吼，拄杖落手心茫然”，突然一下子听到他老婆在那儿骂人，吓得他把手里的拐杖都掉了下去。“心茫然”，意思是被吓蒙了。

因为苏轼的这首诗，才留下“河东狮吼”的典故。不过大家不要以为“河东狮吼”是说他老婆是个泼妇。“河东”是什么意思呢？柳姓发源于河东，所以唐宋八大家之一的柳宗元的文集又叫《柳河东文集》。“河东”就代指柳姓。“狮吼”什么意思？不是说母老虎母狮子嗷嗷叫。“狮吼”是指我佛如来发慈悲正声，如来佛给你们讲经论道，警醒世人。“狮子吼”可以震慑妖魔鬼怪，可以让世人警醒，在修佛的道路上勇猛精进。“狮吼”在这儿的意义还暗示柳夫人骂她丈夫是对的——你想什么呢？不光明正大地好好过日子。苏东坡的诗里没有贬损柳夫人的意思。“忽闻河东狮子吼，拄杖落手心茫然”，就是说陈季常的老婆义正辞严地教训他、警示他，把他一下子吓蒙了，是这个意思。

我认为“河东狮吼”这个典故，说白了就是由于自个儿理亏才会怕老婆。就像现在社会里一些男的，吃着碗里的看着锅里的，家里头红旗不倒，外头彩旗飘飘，老婆对他发脾气，他不敢还嘴，因为他觉得自己在外头做的事对不住老婆。

所以说，有的男人怕老婆，不是说他有多爱自己老婆，也不是说他真怕，而是因为他心虚、理亏。

势力娘家最可怕

有个笑话挺有意思的，说一个男人跟老婆吵架，眼看两人就要动手了，男人突然态度大转弯，给老婆赔礼道歉，笑脸相对，双方和好了。这时候，旁边的大舅哥把菜刀放下了，小舅子把铁锨也放下了，老丈母娘把擀面杖也放下了，老丈人把板砖也给搁下了，一家人其乐融融，喝酒吃饭。

其实这哪儿是男人的心态转变了，娘家人往那儿一站，那么强势，男人能不害怕吗？他要不转变态度，遭罪的人就是他。

黄百鸣拍过一部戏叫《花田喜事》，他演了一个姓林的落地秀才，因指腹为婚到老周家去，结果被他大舅哥和将来的媳妇欺负得不像样。他怕谁呢？怕大舅哥，那是个恶霸。他一个落地秀才，无权无势，就得受欺负。

这个戏后来的剧情反转很令人印象深刻。林书生赴京赶考，高中状元当了官，等他回来之后，发现他大舅哥、老婆、岳母都开始巴结他。为什么？如今他有势力了。“势力怕”可能是现代家庭婚姻当中隐患最大的一件事。

我身边有很多中年离婚的夫妻，其中男方大多是“凤凰男”。“凤凰男”什么意思？就是这男的家是农村的，家里好不容易供他上了大学，毕业后在城里娶妻生子，建立了家庭。小伙子无权无势，老丈人给安排一切，仕途走得也挺顺，搞科研也能拿着经费，房子和车也是老丈人给买的。平常日子过着倒没事，一旦两口子吵架，媳妇就叉着腰骂：你有什么呀，不都是我爸给你的吗？这小伙子无言以对，在媳妇面前抬不起头来，时间长了心里难免愤懑不平。因为任何男人都需要尊严。后来到四十多岁，地位有了，金钱也有了，在家庭里受压迫都快半辈子了，这个时候若是有某个女孩乘虚而入，他就很可能会离婚。因为女方家庭势力太大，等他有能力之后，他就再也无法忍受这种被压迫的日子了。

这种情况对中国很多家庭的婚姻危害是很大的。有时候娘家这些人，就怕自己孩子吃亏。哥哥一想，我不能让我妹妹亏着；当爹的一琢磨，我女儿嫁给他怎么能受气呢，所以会粗暴干涉小两口的婚姻。咱通情达理地说说这事，你以为这是对妹妹、对女儿好吗？不是的，娘家人干涉过多，反而会给人家两口子的不和埋下隐患。

如果一个男人被娘家的势力压迫太久，他的心里一定是不痛快的，他一定是要找回自己的尊严，一旦有机会就要翻身。这样一来，就会把家庭现状折腾得乱七八糟、七零八落。

所以强势的娘家人要注意，不论你怎么关心你的亲人，她的另一半你也要关心，因为他们两人是要过一辈子的。小两口要是有点儿矛盾，你们要以劝解为主，但凡能化解的事，都要和风细雨地化解。

我说的这几种怕老婆的现象，严格意义上而言，都不是真正意义上的怕老婆。“真怕”容易激化矛盾；“势力怕”最终都没有好结果；而“理亏怕”，广大的男同胞应该尽量避免，因为你的理亏有可能是家庭分崩离析的一个隐患。“十年修得同船渡，百年修得共枕眠”，既然步入了婚姻的殿堂，夫妻二人就应该好好过日子，创建和谐家庭。

上门女婿不好当

刁蛮公主，任性妄为，其实是个聪明人？
酒后胡言，得罪皇家，竟可以全身而退？
夫妻吵架，本是家务，却关乎国家政治？
一个是乱世天子，一个是沙场将帅，
他们的后代，又会演绎出怎样的爱情故事？

中国人从古至今，大多数人结婚的时候都讲究门当户对。为什么？双方家庭条件差不多，子女受教育程度差不多，所以价值观相对来说也就差不多，沟通起来才不费劲。当然，这不是绝对的。如果从反面讲，门不当户不对，有时候危害挺大，男女之间的差距太大就会有问题。男的强一点还好说，有的男的觉得我强一点，我让着你可以。要是女方太强了，男的会心里不平衡，两口子的日子就很难和谐的过了。

在中国封建社会的家庭里，男人大多都是“大男子主义”，要求女人要讲究三从四德，树立男尊女卑的规矩。但并不是所有的家庭都这样，那得看这男人娶的是谁。

有一类女婿就很难当，因为他找了一个娘家很强大的女人。什么女人呢？——公主。公主是金枝玉叶，你把她娶回家，她不但会对你颐指气使，你还得拿她当祖宗供着。而且在家里，你的父亲、母亲都得对她尊敬，所以说这种女婿是最难当的。

中国历史几千年以来，什么奇葩事情都有，咱说一件唐代发生的事情：唐代宗李豫把女儿升平公主嫁给了汾阳王郭子仪的儿子郭暧。这段故事很多朋友都知道，叫《醉打金枝》，我们就说说《醉打金枝》背后的事。

娶公主回家不容易

从哪儿说起呢？从两家结亲这事说起。汾阳王郭子仪在平叛“安史之乱”时立下汗马功劳，所以被朝廷官封汾阳王，郭暧是他的第六个儿子。那时候他娶亲有自己的标准，说得找门当户对的，即便门第差点也行，但得漂亮。他也没想到，自己能娶升平公主。把公主娶进门，刚一结婚你得先跪下，包括汾阳王郭子仪，叩拜公主殿下圣安，这是规矩。

《康熙王朝》里，孝庄皇后看上了索额图的女儿、索尼的孙女——赫舍里，说让她进宫给自己的孙子当皇后。赫舍里进宫当了皇后，再回到家，只要一进宅子，辅政大臣索尼就得给孙女下跪，行大礼，叩请皇后圣安。因为孙女已经是皇家的人了，你不能藐视皇家威严。

把升平公主娶回家，郭暧总觉得很憋屈，自己男子汉大丈夫那股劲儿使出不来，在公主面前他得毕恭毕敬的。结婚时郭暧12岁，公主才11岁，这婚结得让两人都觉得有点别扭。

话说回来，如果升平公主像其他公主一样知书达理，那事情或许还好办。她应该明白，她和郭暧的婚姻就是政治联姻，是一种交换。我嫁给你们郭家，你们要对大唐更加效忠。偏偏升平公主不是省油的灯，脾气禀性跟一般的公主不一样。

升平公主三岁那年，母亲就死了，接下来“安史之乱”之乱爆发，她父亲唐代宗李豫成天在外边东挡西杀，所以她不像一般公主那样娇生惯养，安于现状。等到天下太平之后，她在宫里整天研究和学习，非常活跃，甚至像个假小子一样。

《鹿鼎记》里的建宁公主不就是这样吗？不仅欺负韦小宝，还成天到处惹是生非，有点混不吝的劲儿。可是宫里规矩很严格，公主不能随便出宫，怎么办？想到外边溜达，就问太监，怎么才能出宫？太监说，恕我无罪我才敢说，要想出宫，两条道，第一是出嫁，第二是出殡，否则出不去。公主一听，坏了，没招了。

等长到 11 岁，皇上说，你嫁给汾阳王郭子仪的六儿子郭暧吧。她这才算出宫了。出宫后等于是给她解放了天性。为什么？公主还小，不是太懂事，宫里规矩多，她不能随心所欲想干吗就干吗。但是到了老郭家就不一样了，她是公主，皇上的亲闺女，郭府上下都得捧着她，她想做什么都得由着她。今儿爬假山，明天抓鱼，后天去荒郊野外玩，把她可给乐坏了。

普通人家的儿媳妇早晨起来要去给公婆请安，还要端茶送水。她呢？这些事一律不做。不是说公主不懂事，是她天生的这种少年心性、假小子性格，不愿受人限制。

升平公主这种性子让郭暧很生气，他的几个嫂子都很贤惠，对父亲母亲以及兄长都很尊敬、顺从，而自己媳妇这样子，让他心里很窝火，但是又不敢说，因为人家毕竟是公主。

酒壮怂人胆

忍着忍着，终于爆发了。有一年汾阳王郭子仪过生日，郭家的兄弟姐妹一起给父亲祝寿。祝寿是有诸多礼仪的，比方敬茶上香，祭天地祭祖先等，会有一套规矩。公主没经历过这些，觉得挺烦的，没什么意思，再加上也有点儿累了，坐在那儿就有点不太高兴了。其他几个儿媳妇或者女儿都好言好语地哄寿星老头儿开心，唯独公主不说话。郭暖看着自己媳妇那个样子就来气，生气归生气，他一贯是忍着的。结果那天，几杯酒下肚后，郭暖的脾气上来了。有句话叫“酒壮怂人胆”，生活中，谁要耍酒疯，你别信他，他一般不是真喝多了，而是借酒装疯。喝酒的人会借着酒劲儿干点出格的事情。

郭暖将几杯酒喝下去后，指着他媳妇说，你给爹去唱一个。公主很尴尬，唱歌我不会啊。小两口就吵了起来。公主哪儿受过这样的委屈。你干吗？大庭广众之下欺负我。郭暖的火气也上来了：你以为你是公主就很了不起？你老李家的天下怎么打下来的？没有我爹在“安史之乱”时给扛着，天下能是你老李家的吗？你别太任性！

郭暖的这番话说出口，别说公主傻了，旁边的郭子仪都吓坏了，直接就扇了儿子一大嘴巴。你胡说什么！郭暖也急了，抓起杯子朝公主扔过去，啪一声，打在了公主脸上。公主号啕大哭，这下郭府可就乱套了。当时在场的人都明白，郭暖说的那几句话是要掉脑袋的，老郭家要大祸临头了。明明是个大喜日子，转眼间就要灾难来临了。升平公主一边号啕大哭，一边从郭家跑了出去，命人给她备轿，她要回宫找皇上告状去。

这时候郭子仪吓坏了，怎么办？郭暧被他爸爸打了一巴掌，酒也醒了，想起刚才说的混账话，害怕得都要晕过去了。欺君罔上、谋反窜逆的事，不是他一个人掉脑袋就能扛过去的，那是满门抄斩、祸及九族的大罪。

郭子仪一看，事到如今怎么办？我得扛着。便招呼人，把郭暧这个逆子捆了起来。他要进宫面见圣上，负荆请罪去。

郭子仪急急忙忙从府上出来，带了郭暧直接奔皇宫去了。这时候升平公主已经进了皇宫，见到皇上，哭哭啼啼地把事情都讲了。皇上听了，心里也在想，这小两口子之所以打架，是因为这个女婿心里积怨已久，是对公主的言行真的不满。这件事情要是闹大，万一老郭家真有二心，回头谋反了，那我的天下可就岌岌可危了。

皇上正在心里合计着，外头来报，郭子仪要求面见圣上。老亲家是生日也不过了，找我来请罪，唐代宗李豫心里的石头顿时落地了，看来老亲家没有谋反的意思。

公主的婆家不简单

为何唐代宗会在心里疑心？郭暧骂公主的时候说，你老李家的天下都是我老郭家给你打下的，这是有道理的。“安史之乱”中，唐玄宗李隆基带着人往四川跑，半路上士兵哗变，“六君不发无奈何，婉转娥眉马前死”，他把杨贵妃吊死后，自己跑四川去了。

可留在长安的大臣得对抗叛乱。

“人无头不走，鸟无头不飞。”李隆基的太子李亨被推上了皇位，带兵打仗的是谁呢？李亨的大儿子——李豫。他被封为广平王，天下兵马大元帅，征讨安禄山、史思明，平叛“安史之乱”。

当时广平王李豫不会打仗。副统帅是谁呢？郭子仪。说白了，虽然李豫是元帅，但所有事都得听郭子仪的。郭子仪兢兢业业带兵平了“安史之乱”，立下汗马功劳。而且当时郭子仪手握重兵，要说把老李家赶尽杀绝，他自己篡位当皇上，完全有这条件。所以郭暧说，老李家的天下是我老郭家给你打下的，不是瞎说。

当然，郭子仪忠心耿耿，没有二心。后来李豫登基后封他为汾阳王，给了他至高无上的荣誉。历史上发生臣子想要谋朝篡位的事情太多了，所以李豫才犯合计。一看郭子仪来了，这才放心了。

郭子仪跪下说，皇上，我教子无方，我代全家请死，逆子口出狂言，而且还动手打了公主，干下这等悖逆之事，全是我的罪过。唐代宗李豫连忙说，老亲家赶紧起来，不要小题大做，没那么严重。小两口吵架，深一句浅一句是很正常的事。再说了，咱们当老人的，别管这些闲事，“天上下雨地下流，小两口吵架不记仇”。

皇上还很俏皮。一番话说得郭子仪直点头，心里的石头也落了地。

即使这样，郭子仪回到家，依旧把郭暧狠狠打了一顿，从这以后，郭暧安分多了。经过这件事，升平公主也意识到了自己的问题，再回郭家，也更规矩了，每天彬彬有礼地给公婆请安，家里的活儿也帮着干，开始学着操持家务。

唐代宗是个明辨是非的好亲家

公主的转变还真得归功于她父亲李豫对她说的那一席话：你也不小了，虽然贵为公主，但也是人家的媳妇，得尽人臣之礼、夫妻之道，该怎么伺候丈夫就怎么伺候，该怎么孝敬公婆就怎么孝敬。咱这大唐天下，老郭家是擎天玉柱，驾海紫金梁，你得替你爹想想，要和他们一家人好好相处，可不能在人家家里颐指气使，犯公主病。

所以后来升平公主再回去的时候，便按她父亲说的，一切都规规矩矩的，学做郭家的好儿媳，和谐家庭就这么诞生了。

《醉打金枝》要发生在其他朝代，恐怕一场腥风血雨的政治斗争就要起来了，或者说残忍的杀戮就要开始了。为什么发生在升平公主身上，如此不着痕迹地就化解了？关键是强势一方的家长，唐朝的皇帝，他能够明辨是非，国是国，家是家，他没把家事上纲上线。家事要当家事处理，如果把它上升到政治高度，可不是闹着玩儿的。

一代君主唐代宗李豫非常明事理，他给我们做公婆的、做岳父岳母的人树立了一个好榜样。现在很多家庭都是独生子女，一结婚，两头的父母都心疼自己的孩子。我闺女可不能吃亏，我儿子可得享享福。他们都是站在自己的立场上考虑问题。小两口过日子，哪有舌头碰不着牙的，锅碗瓢盆总有磕着碰着的时候。

本来小两口吵完架后，一转身，气消了就会重归于好，他俩之间的矛盾是夫妻内部矛盾，很简单地就可以化解了，真没必要非得挑起两个家族之间的斗争。

所以我说，为人父母的，儿女结婚后，人家小两口的事情，就让他们自己做主处理，当老人的不要轻易干涉年轻人的事情，一定要学习唐代宗李豫那样，是是非非分得清楚。

影视评析

不一样的《智取威虎山》

后宫女人多可怕

按套路出牌的功夫喜剧

不一样的《智取威虎山》

当样板戏融合美国大片风格，
当红色经典遇到天马行空的徐克导演，
40 年的“威虎山”梦，究竟是智慧结晶还是奇葩剧？
不一样的视觉感受，不一样的经典重现。

有一部红色题材电影叫《智取威虎山》。有人说，《智取威虎山》不是样板戏吗？对，电影版的《智取威虎山》就是取材于同名样板戏的故事。

这部电影即将投放市场的时候，大多数人对票房并不看好。首先这个题材并不新鲜；其次，导演徐克虽然是香港新派武侠电影了不起的一个导演，拍武侠没什么问题，但是没有拍过红色题材电影。徐克是在越南出生的中国人，在美国上学，他的成长履历当中根本没有关于红色年代的一些印记，他怎么能够把握准这个红色题材呢？

翻拍经典，得有观众基础。样板戏《智取威虎山》创作于 20 世纪六七十年代。这个题材，中老年人是主要收视人群。但是现在的商业市场，电影票房的主要贡献力量来自于 80 后、90 后，所以当时大多数人不看好这部影片。

可是影片上映之后，不但很多中老年人到电影院里看，而且大量的年轻人也非常喜爱这部电影。《智取威虎山》是既收获了票房，又收获了口碑。

这位被称为“鬼才导演”的徐克，是怎么样把红色题材拍成了受人欢迎的商业电影的呢？

样板戏《智取威虎山》深入人心

大家对《智取威虎山》的深刻印象来自于哪儿？它可不光是样板戏。新编京剧的《智取威虎山》曾被直接翻拍了电影，电影里也是京剧演员演的。在这之前还出了一个电影版的《智取威虎山》，在徐克拍之前，总共有三版《智取威虎山》，当然传播力度最大的是样板戏《智取威虎山》。

当年的样板戏《智取威虎山》之所以能够立得住，主要在于创新，它和我们看到的传统京剧的人物造型和内容完全不一样。首先看杨子荣这个形象，他的唱腔是怎样的呢？老生唱腔，但是他有大量的武打动作，这样的老生叫文武老生挂武生，能演文老生，也能演武老生。

传统京剧里既有大段的唱腔，又有大段的动作戏，但《智取威虎山》进行了创新。童祥苓演杨子荣，既有大段的唱腔，又有动作，而且这些动作不完全是京剧式动作。

你看“穿林海跨雪原气冲霄汉”那一段，杨子荣虎穿着皮坎肩，戴着皮帽子，拿着马鞭，披着斗篷上山，在山顶上做的那些动作，比方说劈叉、下腰，这些不全是京剧的动作，而是借鉴了很多的芭蕾舞身段。

包括作曲方面。为什么“穿林海跨雪原气冲霄汉”这一段深入人心？因为这段作曲不完全是传统京剧的伴奏，而是在里面加入了交响乐的因素，所以听起来荡气回肠，很有味道。

当初样板戏里创新内容很多，所以受到了观众的喜爱。那个时代的好多年轻人，也没有传统戏剧的基础和兴趣，让他们接受纯粹传统京剧很费劲，所以当时创作这个戏的时候就需要创新。

样板戏为什么能受到观众喜欢？首先在于样板戏的节奏快于传统京剧。传统京剧千回百转，节奏很慢。样板戏节奏快，大家听起来很振奋，所以年轻人也喜欢。

电影改编如何颠覆传统题材

徐克拍电影《智取威虎山》的时候，首先并没有从《智取威虎山》的样板戏里取材，而是直接把目标盯在原著上。《智取威虎山》原著叫《林海雪原》，作者是曲波。当年东北剿匪的时候，曲波是当地的一个基层干部，剿匪的事他全经历过，所以他写出的内容都是真实可信的。

样板戏当初是政治年代的产物，突出政治挂帅，推崇意识形态，很多细节都不能表现出来，但是小说里描写得非常丰富。正面形象有少剑波、杨子荣，反面形象有座山雕、小炉匠、八大金刚。这些人物形象都栩栩如生，说着东北的黑话，过着土匪的生活，故事很吸引人。

我曾经分析过一些样板戏的取材，《智取威虎山》要比《沙家浜》《红灯记》《海港》等丰富得多，原著小说本身内容就具有传奇色彩，徐克直接从原著里取材，而不受样板戏的影响。

当然，如果不加上商业电影与时俱进的元素，观众可能很难接受。商业电影一个显著特点是什么？画面的雄奇绚丽。很多人进电影院就是为了感受大银幕带来的震撼效果，所以徐克把很大精力用到了电影技术上。

《智取威虎山》里有一段比较有代表意义的，年轻人最喜欢看的一段是杨子荣打虎上山，短短几分钟，却看得人惊心动魄，因为特别逼真。怎么拍出来的呢？张涵予饰演杨子荣，在现场拍的时候他根本没有见着老虎，而是对着空气虚拟演绎老虎扑过来的情景。躲避老虎、和老虎搏斗、躺在地上等动作都是他虚拟表演出来的。老虎是后期通过 3D 技术做出来的，通过电脑合成一个人虎同镜的画面，最后剪辑出来的这段戏非常精彩。

再有，这部电影里有很多接地气的东西。徐克不是大陆人，尤其是没在东北生活过，很多东西他不知道。这得感谢监制黄建新，他给徐克出了很多好主意，因为徐老怪拍片子的特点是天马行空，想一出是一出，黄建新作为监制得时刻提醒他，一是得告诉他，你想的哪儿合理哪儿不合理，二是要控制预算。

有一场戏是夹皮沟枪战，因为是战役场面，徐克就想在这儿画一笔浓墨重彩。夹皮沟枪战役前有一个动员会，样板戏里就是领导二十三首长讲话，我们要保护村民，怎么跟土匪斗争。

这段戏本来徐克已经拍好了，等后来放到电影里一看，便觉得这段政治动员的戏有些画蛇添足，其意义通过枪战就已经表现出来了。所以黄建新就建议他删掉，徐克一看确实可以删掉，于是这个片段就被剪掉了。

还有一段戏是杨子荣和八大金刚中一位，在大雪天脱了裤子大便。这场戏，很多观众看了都觉得太有意思了。样板戏里没有这个情节，英雄能随便光屁股吗？不可能的。

为什么加这段戏？过去在东北，一到冬天，天寒地冻的，屋里也没有厕所。所谓上厕所，东北土话叫“去趟外头”，就是去冰天雪地里大小便。这是东北当时的真实生活状况。

电影中，在自然环境的背景下，杨子荣加入了座山雕这一伙，成了八大金刚的弟弟老九。那么他得马上把山上的消息传到山下的剿匪部队去，怎么传呢？信息在手里，没地方搁，土匪跟着，并不完全信任他，死盯着他，所以没别的办法。他说，我要上厕所。上厕所土匪也不会放过他。你要在这儿，我也跟你一块儿蹲着。所以俩人光着屁股在那儿方便。这一段戏是非常真实的。杨子荣借这个机会把信息塞到旁边一个木片里头去了，完成了传输情报的任务。

这段戏是黄建新提议加的，徐克一看很有意思，但是也很惊险，符合谍战片里应该有的元素。

这部电影在原来样板戏的基础上改编得很细，如果你要细心看的话，它的整个结构都发生了很大的变化。包括主人公不再是首长少剑波，而是杨子荣。对于小炉匠的戏也相对有所削弱。相反把在土匪窝里边发生的事讲述得比较多。

为什么呢？因为土匪窝里的这些人个性比较鲜明，人物之间更容易发生矛盾，冲突比较强烈，拍出来就很有意思。这是满足了商业电影的基本元素。

徐克为何拍《智取威虎山》

有的观众朋友可能纳闷，说徐克是香港武侠导演，他为什么想要拍这个戏呢？其实别说徐克，还有一个人也特别想拍《智取威虎山》。谁呢？成龙。大约在30年前，他就想拍《智取威虎山》，觉得这个题材很有意思。为此他几乎把《智取威虎山》所有的电影电视都看了一遍，把样板戏也看了一遍。成龙是武生出身，骨子里很喜欢这一类题材的故事。当时限于各种条件，他拍不了，但是他在自己的电影里边借鉴了《智取威虎山》好多桥段。

大家熟悉的《A计划》里，有一段他作为一个警察跟海盗打交道。他冒充周永龄跑到海岛上，深入敌人内部，结果敌人派来一个人跟他对质，俩人在海岛上斗智斗勇。这段戏就取材于《智取威虎山》，杨子荣打入座山雕内部，遇到小炉匠滦平，俩人对质……如果你把两段对比一下会发现，几乎一模一样。

那徐克为什么想拍这个题材呢？他在美国上学是40多年前的事情了，那时候他勤工俭学，在华人电影院里放电影。华人电影院什么片子都能弄来，各种意识形态的华语片子都有，其中就有《智取威虎山》这个样板戏版的电影。

当时徐克看了这个电影就着迷了，虽然里面有着浓厚的政治宣传味道，但是人物和故事太有意思了，那时候开始徐克就萌生了要拍这部片子的念头。

大约 20 年前，他跟监制黄建新刚认识。有一次在上海吃饭，饭桌上还有大导演谢晋，徐克就突然说我要拍《智取威虎山》，满桌人都不吱声。有人说，要拍也该谢晋这样的大导演拍。因为主旋律、红色题材的片子，谢晋导演拍过很多，但徐克表现得非常坚决果断。谢晋就表示鼓励，说你作为年轻人，要真有这个想法，你得想法把它弄好，别把这题材糟蹋了。

过了这么多年，徐克最终实现了自己的愿望。在把红色题材转化成商业电影的过程中，还保持了自己原有的风格。你看完了片子就能感觉到，徐克风格是非常明显的。里面的几场打斗，那种天马行空的想象，包括结尾时把飞机在隧道里头开了起来，这些场面也只有徐老怪的电影里才会有，堪称雄奇奔放的想象力。

他的成功还有一个非常重要的原因，就是让中老年人也买账。他们有过去的回忆，杨子荣在他们心里头就是神。无论怎么美化他，大家都能接受。那个时代为了突出政治，人物形象“高大全”，不能有任何缺点瑕疵，得高高在上。

以前的老电影，像《地道战》《地雷战》《南征北战》，有个规律，凡是英雄人物出场，眉一扬就进来了。机位怎么给？从下往上，显得人物非常高大。反面人物一进来，机位怎么给？从上往下拍，显得猥琐矮小。它都有一套程式化的东西。

再让现在的年轻人看这种程式化的东西，根本不行。这套东西不仅过时了，而且也不符合人物性格。

徐克把握最为精准的就是杨子荣这个人物。他在神和人之间如何把握？要把杨子荣完全拉下神坛，当作一个普通人。很多看过样板戏的观众不买账，杨子荣多了不起的人，怎么能这么普通呢？但是你要把他当作神供起来，年轻观众也不买账。这不瞎编吗？哪有这样的神人？没有。

所以，如何将经典与流行结合起来进行创作，如何平衡这两者的优劣让其互补，徐克导演的《智取威虎山》给出了一个很好的示范。这也是我们现在很多文艺创作者需要学习和思考的问题。

后宫女人多可怕

后宫危机四伏，六宫粉黛为何争斗连连?

皇宫内廷暗流涌动，为何处处暗藏杀机?

恐怖的“宫心计”背后，究竟投射着怎样扭曲的人性?

现在有一种古装电视剧很流行，收视率特别高。什么题材呢?宫斗戏。就是后宫女人为了争宠，互相争斗。很多朋友看完就琢磨，中国古代的后宫，三宫六院七十二嫔妃，真就像电视剧中斗得那么激烈，那么残酷?影视剧是不是编的?

咱们就来说说，中国古代的后宫是不是像电视剧写得那样，后宫的女人是不是都那么工于心计。

皇宫内看病规矩极其严格

有部电视叫《甄嬛传》，是大陆宫斗戏的巅峰之作。火到什么程度?版权都卖到美国去了，美国女人也愿意看。

后宫的女人为什么要斗来斗去呢?为了争夺皇上的恩宠。皇上作为皇宫的稀缺资源，所有的女人都围着他转。争宠最直接的方式是什么?母以子贵。给皇上生个男孩，一下子就会身价倍增。

围绕着生孩子发生的斗争，是一种重要的宫斗方式。

《甄嬛传》里，大将军年羹尧的妹妹华妃娘娘，想给皇上生个孩子，怎么也生不出来。为什么呢?被人下药了。把麝香等药物混入平常用的香料里，不会被轻易察觉。香料焚烧时的香味就变成了杀人利器。

《甄嬛传》里边这种类似的药很多，使用方法也是奇招尽出。但是你可不要以为在真正的皇宫里，嫔妃之间能这么容易地给对方下药。

真实的皇宫内，太医给后宫嫔妃们开药都是非常严格的。

电视剧《大宅门》里边，白家二爷给张王府大格格看病，怎么看？帘子拉下来，手伸出去号脉，二爷喊：这是喜脉，恭喜恭喜。但大格格还没出嫁呢。怎么回事？原来她跟五贝勒有奸情生了孩子。张王爷气坏了，把白二爷的马车都给砸毁了。

一个王府格格看病都这么大规矩，可想而知，给后宫娘娘看病的规矩更严，根本就不会出现像电视剧里温太医跟甄嬛的这种关系。皇族的血统得纯正，皇上是后宫唯一一个真正具有男性功能的男人，只有这样，才能保证每个女人生的孩子都是龙种。

太医进去给后宫娘娘看病，都得谨小慎微，一刻都不得多停留。而且太医开药的时候，太监就在旁边站着，监视着你。开什么方子，剂量多少，都是太监记录在案的。

我们现在翻清宫档案、明朝档案，这些方面都有记录。哪位娘娘用多少药，谁给拿的药，从哪儿拿的，都记得清清楚楚。根本不存在哪位娘娘和太监单独待在一起的机会。我想要什么药，你给我开，这是不可能的事。

太监在宫里监视一切人的饮食起居，包括皇帝的一举一动、一言一行，都是要记录在案的。所以我们在影视剧里看到的那些后宫规矩，很多都是虚构的，是为了照应整个故事情节而安排的。

当然，除了虚构的部分以外，古装剧还是得有一点儿史实依据的。大家看宫斗戏里，那些凡是最后爬到权利顶峰的女人（典型的有《芈月传》里的芈月，还有慈禧、武则天，等等），在后宫称王称霸的女人，最后都变得心狠手辣。可是她们刚进宫的时候，都是纯真善良的。几乎每部戏里都是这么写的。

芈月刚进宫的时候是一个花枝招展、天真烂漫的小姑娘，很善良，但是后来学坏了；慈禧刚进宫时，也是胸无城府，对谁都好；武则天刚进宫时脾气大点，也就是个刁蛮丫头，绝不像后来那样心计深沉。

影视剧本的这种写法是对的。真实的中国历史中，后宫选妃子时，妃子从哪儿来的呢？极少数是从民间来的，更多的是从王公贵胄、大家闺秀中选上来的。这些人在家里大门不出，二门不迈，受过良好的教育，不可能有那么多陷害别人的心眼儿。进宫之后，换了一个新环境，为了自己的地位和生存，才变成后来的样子。

武则天本来是个善良的姑娘

再有心眼儿的人，到一个新环境都得有一个适应期、过渡期。芈月、慈禧、武则天，还有甄嬛，等等，这些女人刚进宫的时候都是纯真善良的，等熟悉了宫里的规则之后，心机就露了出来。

为什么？自己不甘心处于弱势地位，要往上爬。你不往上爬，就会受到别人的欺负；要往上爬，你就得动心思去扳倒别人，为自己谋取利益。尤其是当稀缺资源太少的时候，一定得使用非常手段，把身边的人挤走。这种时候，即使再善良的人也容易变得恶毒。

人常说，兄弟姐妹亲如手足。可是你看现在电视里的法制节目，家里遇到拆迁，分到拆迁款，兄弟姐妹几个为分得一点钱，互相伤害，最后闹到法庭去。所以，善良的人有时在利益诱惑面前也会变得恶毒。后宫争斗的根源就在这儿，利益驱使。

芈月为什么后来变成了那个样子？原来在楚国的时候，她母亲向氏在宫斗中落了下风，败下阵来，她打小就受到了母亲的影响。后来到了秦宫之后，她无依无靠，在夹缝中求生存。等到慢慢适应规则了，她想起自己的遭遇，说我可不能再重复我母亲的路，我得出人头地。一旦有了这个想法，就开始想方设法对付那些想要害她的人，步步为营，后来熬到了宣太后的位置上。

再看武则天，她做事非常狠。她在宫里争来争去，最后就剩下一个障碍——王皇后。王皇后人挺好，高宗皇帝很宠爱她。怎么办？武则天想了一个极端恶毒的方式。

武则天头胎生了个小女儿，王皇后过来看望她。王皇后因为没有孩子，所以很喜欢小孩。王皇后看望完武则天就回自己宫里去了。过了一会儿，高宗皇帝来了，说要看女儿。武则天边跟皇上说话，边把被窝掀开，大叫一声，坏了，女儿没气了，死了。皇帝一问，宫女都说没别人来过，只有王皇后来过。武则天说，王皇后没孩子，嫉妒她生了个女儿，趁着和孩子逗趣的功夫，把她给掐死了。

高宗皇帝一听，这个女人太狠毒了，不能要她。于是皇帝废了王皇后，立了武则天。

那么武则天的小女儿是不是王皇后掐死的呢？不是，是武则天亲自下手掐死的。虽说虎毒不食子，可真到了权利斗争极其残酷的时候，什么事情都有可能发生。

武则天原来是这么毒的人吗？不是。当权利跟利益争夺到一定程度之时，人非常容易丧失自己的天性。

嫉妒心是害人的根源

慈禧也是如此。光绪虽然不是慈禧亲生，但慈禧带他那么多年，光绪对慈禧也是毕恭毕敬。结果戊戌变法让慈禧对光绪有了想法，她把光绪关在颐和园。光绪当时也不着急，因为他想着，慈禧比我岁数大那么多，早晚死我前头去，你一死，我就亲政了。

结果谁也没想到，1908 年 11 月 14 日，宫里传来噩耗，光绪没了。那年光绪才 38 岁，突然就死了。光绪死后第二天，慈禧老佛爷才归天。

后来有人怀疑说，慈禧怕自己一死，光绪把她原来实施的一切都推翻，索性就让光绪死在自己前面。后来这个案子总算破了。今人用现代科技手段检验光绪的头发，发现光绪死于砒霜中毒，是非正常死亡。末代皇帝宣统后来写《我的前半生》的时候，特地说到这段，说当年光绪皇帝活蹦乱跳的，突然间就没了。光绪怎么死的？就是慈禧给害死的。

由此可见，后宫争斗的核心就在权利，非常残酷。而且历史上真实发生的事，恐怕比影视剧里描写的还要残酷。

有人说，不能不争吗？可以不争，但是有句话叫“人比人得死，货比货得扔”。

后宫争斗，女人和女人之间争的是皇上的宠爱。如果哪个女人没得宠，皇上不理她，那这个女人在后宫的日子就没那么好过了。我们看《甄嬛传》里，一旦哪个嫔妃失势，所有的人都跟着欺负她，看不起她，包括那些最低等的太监丫鬟，都一块儿跟着打骂。没有哪个女人甘愿过这种日子，所以她们就得争。

怎么争呢？皇上就一个，陪嫔妃的时间也很有限，所以这些女人都想尽办法去取得皇上的欢心。靠什么呢？靠美貌。

历史上有一个这样的事情。楚王有个宠妃叫郑袖。郑袖是个很有心计的女人，长得也漂亮，据说是屈原的梦中情人。后来魏国给楚国进贡了个美人，历史上叫魏美人。魏美人也很漂亮，楚王很宠爱她。郑袖一看自己要失宠了，怎么办？郑袖心计很深，她没有着急去给魏美人使坏，而是先跟她套近乎：妹妹你来这里也没有亲人，我会照顾你的。魏美人举目无亲，见有个姐姐对自己好，很高兴，俩人就成了无话不谈的姐妹，往来很频繁。

有一天，郑袖对魏美人说，妹妹，大王特别宠爱你，这我们都看得出来，但是大王跟我提过，说不太喜欢你一点。你长得很漂亮，但鼻子稍微有点儿歪，大王不太喜欢。我劝你今后每次见着大王，就抬起袖子稍微遮下鼻子。

魏美人觉得郑袖说得很在理。等再次见到楚王的时候，她就把袖子一抬，遮住了鼻子。时间长了，楚王就纳闷，你遮鼻子干吗？

后来楚王跟郑袖聊天说到这件事。楚王问郑袖，为什么魏美人见着我总把鼻子遮住，怎么回事？郑袖说，魏美人之所以遮住鼻子，是嫌弃你身上有味儿，闻了难受。楚王气坏了，她可没跟我说过这个，这不是欺君之罪吗？这样的女人我不能要。于是就把魏美人割鼻后打入冷宫，重新宠爱郑袖。

这就是嫉妒。人在这种驱动力之下，什么坏心眼儿都能使出来。

后宫最可怕的是寂寞

后宫的争斗是你死我活的。确实是这样，但是不像电视剧里演绎得那么泛化，人人都去争。不是那样的，后宫是有秩序的，由母仪天下的皇后统领，也就是说由她来给大家分配资源。

何为母仪天下？历史上选皇后，不仅仅是门第问题。母仪天下，是指皇后的品德得立得住。如果皇后都像《甄嬛传》里似的，一口一个“臣妾做不到啊”，陷害各位妃嫔，恐怕大臣们都看不下去。母仪天下是指皇后要平等对待后宫嫔妃。比方说每个人每月发多少例钱，都是皇后说了算。如果皇后的品德立不住，皇宫就乱套了。皇上和大臣都会定期考察皇后。此外，皇上本身在后宫待的时间就很短。雍正皇帝，晚上 12 点睡，早上 4 点起，天天批折子很辛苦。崇祯皇帝是个勤勉的公务员，每天处理公务，哪有心思管后宫，都不去后宫？他都不跟女人接触，后宫的女人也就没什么理由再去争斗了。

所谓宫斗，其实只是几个皇上身边的女人之间的事情，她们有资格见皇上，所以才会去斗。后宫那么多的嫔妃，很多人一辈子都见不着皇帝。真正有资格争斗的就那么几个人，而且皇后要真能压势的话，大家也斗不起来。

对于绝大多数后宫女人来说，最大的危险不是宫斗给自己带来的危险，而是如何排解寂寞。

“一入豪门深似海，从此萧郎是故人。”以前无论有多么丰富的感情生活，进到宫里，你就基本和外面的世界断了联系。皇上要勤勉于政事，没工夫见你，你这辈子就算完了。

所以中国历史上的很多文学作品中，有才气的宫女写的东西基本没有写宫斗的，写的多是后宫的寂寞，如“白头宫女在，闲坐说玄宗”。

有个这样的故事。有一位皇上说，咱们将士在前线打仗，眼看冬天要到了，宫女嫔妃也别闲着，做些棉衣给前线将士送去。有个宫女自打进宫后就没见过男的，当然更没见过皇上，一针一针缝完寒衣之后，不知道是送给谁的，就写了一首诗夹到衣服里。若干年后，仗打完了，有个将士立功升了官，皇上特别接见了他。他跟皇上说，当年我之所以能奋勇杀敌，是因为宫女做的寒衣里有首诗，写的是她在宫里如何寂寞，如何向往外面的世界，希望我们能打胜仗。在她的激励之下，我才立了功。

皇上说，那调查一下，看是哪个宫女写的。一调查，是一个三十多岁的宫女写的。她十几岁进宫，在宫里待了快二十年了。皇上命人把宫女找来，特别招待了二人，并说你们有缘分，在一起好好过日子吧。于是两人成了眷属。

这种故事，很大程度上是编的。要真有哪个宫女赶上这样的好事，那真是一件幸福的事。

所以说，后宫真正可怕不是宫斗，而是寂寞。

按套路出牌的功夫喜剧

鬼马主角，总能修炼成大侠？
强悍坏蛋，智商老是不够用？
单纯爱情，为何往往是悲剧收场？
从成龙到星爷，
功夫喜剧片经历了怎样的演变？

有一种电影叫功夫喜剧片。说到这五个字呢，很多朋友会想起一个人，那就是成龙。他总在他的功夫片里扮演那种顽皮捣蛋的角色，一边谈着恋爱，一边和坏人做斗争，得了便宜还卖乖，让坏蛋又气又恨。成龙的片子，除了惊险刺激之外，还会引人捧腹大笑，很有意思，一点不闷。

其实关于功夫喜剧片，早在成龙之前就有了，但是成龙把它给强化了，形成了一种套路，而且还有继承者。谁呢？周星驰。周星驰的很多无厘头喜剧，其实都是功夫喜剧片的路数。

咱就来说一说，功夫喜剧片是怎么按套路出牌的。

主角总是很鬼马

首先说说功夫喜剧的第一个套路，几乎是每部片子都会有的——主角一定是个鬼马小混混。什么意思呢？主角一开始很弱，但不是那种普通意义上的弱者，属于那种小混混类型，机灵、淘气、搞怪。

成龙早期的代表作《蛇形刁手》里的小伙子是个什么样的人呢？他是一个武馆的杂役，名字叫简福，头脑简单，但有福气，误打误撞成了好多事。他偷学武功时，知道馆主在他身后，故意把一桶凉水泼了出去，泼馆主一个透心凉，然后说，不是故意的，不是故意的。这种调皮捣蛋的形象，是功夫喜剧片主角最基础的特征。

好多功夫片的主角都是这个类型。李连杰早期演的功夫片，基本也是这一类，方世玉、黄飞鸿都是那种鬼马精灵的小混混。最典型的代表作《少林寺》中，李连杰演的是个什么人呢？出家以后叫觉远和尚，没进少林寺之前就是个小混混，整天上树爬墙，闹得鸡飞狗跳，就是这么个调皮捣蛋的形象。

他为什么要调皮捣蛋呢？喜剧要热闹，不调皮捣蛋就没有喜剧色彩。另外还有一点，他必须一开始很弱，这样后面才有成长空间。所以功夫片还有个共同特点，主角一定要有一个成长过程，很少有主人公一出来就顶天立地，厉害得不得了。刚开始基本都是一个年轻的没什么能力的主角，然后不断地在各种困难中成长，最后成为高手。

弱有两种弱：一种是憨厚的弱，像《射雕英雄传》里的郭靖，又憨又有点傻；第二种弱是顽劣的弱，虽弱，但会机灵捣蛋。这是功夫喜剧片主角的普遍特征。

《神雕侠侣》里的杨过，小时候调皮捣蛋，郭靖带他上终南山，让他拜赵志敬为师，但他不愿意拜，赵志敬不高兴，狠狠打了他一顿。当丘处机问他怎么弄得遍体鳞伤的时候，杨过想了个主意，说，不是我师傅打的，是我正在练功，突然上来一只大疯狗，我就跑，疯狗就追，结果我被咬了，不信你问我师傅。赵志敬在旁边只好附和说，是狗咬的。他一时没反应过来他在骂自己是狗呢。这个情节就充满了喜剧色彩。

后来杨过的功夫练得差不多时，正赶上郭靖召开天下武林大会。金轮法王带着徒弟达尔巴和小徒弟霍都王子来夺武林盟主。霍都王子对汉话很了解，杨过跟他对垒的时候，俩人便时常斗嘴。霍都就骂杨过小畜生。杨过回了句，小畜生骂谁？全场人都乐了，霍都饶不过他的思路。

坏人总是傻大个儿

第二个套路是什么呢？里边的反派，智商普遍都很低。主角在成长过程中，如果他所有调皮捣蛋的事都被反派识破了，就没意思了，反派的智商必须得低，才能突出喜剧效果。

成龙有部功夫喜剧片叫《西域威龙》，他演清朝的御林军。公主被人掠到西域去了，他去救公主，结果沿途碰到的敌人要么是自相残杀，要么是一帮印第安土著。这些人一出来，就被成龙饰演的角色用辫子噼里啪啦打了一通。周星驰模仿了这个套路。不光是反派智商低，《功夫》里的火云邪神，梁小龙演的那个第一大反派，直接变成从精神病院里出来的患者。

不过传统武侠剧里的反派，几乎没有智商低的。虽然我功夫不如你，但是我比你坏。

《倚天屠龙记》里，混元霹雳手成昆，功夫很好，但不如张无忌，正面跟张无忌打，他打不过，但是他左一个阴谋右一个圈套，一边祸害自己的弟子金毛狮王谢逊，一边用各种各样的方法和蒙古人勾结，残害中原的武林门派。所以混元霹雳手成昆是这么一个形象，智商很高，但最后身败名裂，武功也被废了。

《笑傲江湖》里的东方不败，不仅智商高，功夫也高得吓人，令狐冲和任盈盈加起来都打不过他。但是往往这样的剧里，都给第一反派设立一个致命弱点。什么弱点呢？他练葵花宝典，挥剑自宫之后，性格变了，喜欢男人，结果大家就利用这个弱点把他给杀了。

传统武侠剧里的大反派为什么要有弱点？很好理解。不留弱点，怎么打败他？反派要是不倒，主角的光环就没办法彰显出来。主角的成长一定是在和反派的斗智斗勇中展现出来的。只有把反派打败了，主角的人物形象才能立住。

《鹿鼎记》其实不算传统武侠剧，是部家常版的功夫喜剧片。为什么呢？主人公韦小宝就是那种武功很弱的鬼马小混混，里边的反派几乎都比他厉害，但是智商都不如他，被他耍得团团转。所以说，《鹿鼎记》里的韦小宝是功夫喜剧片里的经典主角。

成功总是很曲折

第三个套路是主人公的成长一定得有一个曲折的过程，而且过程很艰难。

主人公从武功低到武功高有一个不断受挫、挨打的经历。还有，他的内心也是不断发生变化的，从战胜对手到战胜自己，让自己内心强大起来，完成由原来懵懵懂懂的小混混成长为一代大侠的这么一个过程。

成龙主演的《十二生肖》就是典型。主角原来是江洋大盗，谁给钱我替谁偷，为了追国宝十二生肖，甚至拐骗了女文物鉴定专家，但是他被专家的爱国情怀打动了，由江洋大盗变成了保护国宝的英雄，成了侠盗，完成了人生的转变。

还有一个典型是周星驰的电影《功夫》。《功夫》里的主人公阿星就是一个典型的功夫喜剧式的人物：聪明，机灵，一开始没什么大能耐，后来通过不断经受磨难，能力得到了提升，最终成了一个受人尊敬的大人物。

功夫喜剧片是所有类型电影里三观最正的类型，不是励志，就是爱国，要不就是行侠仗义，为国为民。主角从弱到强，从懵懂懂的小混混变成一代大侠，变成了充满正能量的人。主角的成长过程很曲折，但最终是由恶向善，弃恶从善。

爱情总是很单纯

第四个套路很常见，叫“戏不够爱情凑”。戏里都是大侠，光是行侠仗义没意思，得加点儿女情长才有看头。

《少林寺》里的小虎，后来的觉远和尚，开始时为了保家卫国进了少林寺，最后和反派王仁则的打斗过程中，师傅死了。他为了继承师傅的遗愿，出家为僧，法号觉远。可是他还有一个青梅竹马的小女孩，名字叫白无暇。住持方丈问他："这五戒，不杀生，不偷盗，不邪淫、不妄语，不饮酒，尽形寿不杀生，是沙弥戒，汝今能持否？"觉远回答："能持。""尽形寿不淫欲，汝今能持否？"意思是说你要当了和尚，就不能结婚了。这时候觉远犹豫了。

庙外头，女孩白无暇在往里看，觉远要是答应了，那他们俩今生就无缘了。觉远手心里有白无暇送给他的一个饰物。他低头看了半天，抬起头回答："能持。"庙外的白无暇神色黯然，一扭身，泫然欲泣地走了。

周星驰的《功夫》里面也有一段特别单纯美好的爱情戏。周星驰饰演的阿星，表面是一个无恶不作的小混混，实际上是一个很善良的人。他之所以变得凶横，是不想在动荡的社会中受人欺负。

阿星从小是个孤儿，经常被一些孩子欺负。但是有一次，阿星却勇敢地保护了一个被人欺负的哑巴女孩，并给了女孩一个棒棒糖作为安慰。小女孩一直把阿星记在心里。

后来长大后的女孩在街上碰到了成为混混的阿星。女孩的出现唤起了阿星心里的纯真和善良。最后阿星经过一系列挫折后，成了一个充满正义感的人，打败了邪恶之人。

周星驰的《大话西游》，严格来说也是功夫喜剧片。至尊宝原来也是个小混混，后来知道自己是孙悟空了，就保唐僧西天取经，成了一个大英雄。第一反派牛魔王，智商挺低，被他糊弄得够呛。

还有为爱痴狂的紫霞仙子，和至尊宝上演了一出凄美的爱情故事。

为什么大家都喜欢看功夫喜剧片呢？因为它带给人的感觉是快乐轻松。影片里也有真刀真枪的实战，看着惊险刺激，但加上简单凄美的爱情故事，比较搞笑的情节，就会让你开心，由恶向善的充满着正能量的核心价值观，更会让你看完后心态阳光，满足了大家去电影院看电影的所有要求。所以说，功夫喜剧片是深受现代人喜欢的商业电影。

职业评析

师爷：消失的智囊团

师爷地位高，官员也得敬三分？
分工各不同，他们又有多少类型？
四救四不救，行善竟然也能招骂？
曾经风光一时的幕后诸葛亮，
为何会退出历史舞台？

社会上的职业有三百六十行，有的职业从古延续至今，仍然还有很多人从事，而有的职业以前有，现在没了。咱们接下来要说的这个职业，就是现代社会没有而过去有的。什么职业呢？师爷。

一说师爷，很多朋友可能先想到《让子弹飞》那部电影，葛优演的角色汤师爷。他其实是一个假师爷，一见着姜文演的张麻子假县长，就点头哈腰的，经常出些馊主意，把张县长往坏道上领。唯利是图，见钱眼开，最后被炸得剩下半个身子，死在钱堆里了。

我们结合影视剧来说说历史上真实的师爷。

“鸡鸣狗盗”之辈也是师爷

师爷这个行当非常古老了。它是从何而来？又为何消失呢？

春秋战国时期就有师爷，但那时候不叫师爷。那时有很多掌权的人养门客，门客里有幕僚。幕僚是什么人？说白了就是出主意的。到幕僚这个层次，就可以叫师爷。

有一个典故叫“鸡鸣狗盗”，讲的是齐国孟尝君出使秦国，结果被秦国扣住了。怎么办？得找一个秦王的妃子，让她在秦王耳边说两句好话。这个妃子最喜欢狐皮大衣，齐国人为了讨好她，就得去寻得一件上好的狐皮大衣。孟尝君有一个门客会缩骨功，能顺狗洞钻进去，他便从仓库里把大衣偷出来送给了妃子。于是妃子对秦王说了两句好话，秦王耳根子一软，答应放孟尝君回去。

孟尝君赶紧往回跑，晚了怕秦王反悔。一行人赶着出关，可来到关卡一看，天还没亮。按照大秦规定，鸡鸣三更天才能开门。鸡没有打鸣，守城的官兵不能开门。这时候又有一个门客说，他学鸡叫最像，于是学了两声鸡叫。官兵听到鸡叫声，就把大门打开了，孟尝君跑了出去。

这两个门客后来被人形容是“鸡鸣狗盗”之徒，其实也相当于师爷的作用了。

当然，有层次更高的师爷，出的是齐家治国平天下的大计。春秋战国时期的师爷，是给做官的人、有权力的人出主意。

师爷是什么时候没有的？1861年，清政府设立总理衙门之后，大臣张之洞上奏，建议清政府废除师爷制。所以说，晚清时候没有了师爷。

有人说，不对，《让子弹飞》说的是民国时期的事情，怎么还有师爷？影视剧可以虚构，但那时候其实已经没有师爷了。

古代师爷特别有地位

师爷是不是就像《让子弹飞》里葛优扮演的形象，点头哈腰，驼着背，一见着当官的就溜须拍马？不是。

历史上真实的师爷，地位非常高。高到什么程度？他伺候的主子必须拿他当回事儿，否则他一瞪眼就把主子炒了。

《雍正王朝》里面有一个出了名的师爷叫邬思道。邬思道最开始给谁当师爷？河南总督田文镜，相当于现在河南省委书记。田文镜对邬思道几乎是百依百顺，相当客气。

有一次，他有句话说重了，跟邬思道吵了起来，邬思道一扭头走了。最后田文镜后悔了，用八抬大轿子把师爷请了回来。邬思道说，这回可不像以前了，你以前给我年薪、月薪，这回我要求日薪。怎么个意思？我不是给你上折子吗？以前写折子是到月底结算，现在得是一天一结。

田文镜没办法，乖乖把钱放在那儿，邬思道才肯写。这事被雍正知道了。雍正看完奏折得批复，批复一般是写“朕安”。这次，雍正在“朕安”俩字下边用朱笔御批“邬师爷安否？”他不问田文镜，而是问师爷邬思道是不是挺好。皇上都得对邬师爷恭恭敬敬的。

这就奇怪了。师爷不是朝廷命官，最多算个小隶。隶和官是不一样的，官是指有朝廷正式编制的。隶是什么？官员雇的随从是隶。师爷不算隶，不算官，连正式编制都没有，照理说，师爷应该处处听主子的。怎么这位师爷能有这么高的地位？因为当官的离不开师爷，“一个好汉三个帮”，你得有出主意的人才。

还有一点是，过去当官的好多是父一辈子一辈，家里头有势力，还有的是掏钱捐的官，其实人没真能耐。朝廷考察官员的政绩是有要求的，什么能耐没有怎么办？身边必定有能干活儿的，所以这时候师爷的能耐就决定了一个官员的升迁和地位，包括怎么上折子，怎么摆平官场各种关系，什么时候该送礼，什么时候该要政绩，师爷要比当官的清楚得更多。

《让子弹飞》是有原型的

这个邬思道能耐大到什么程度？

邬思道伺候田文镜的时候，田文镜治下有一个县城，三条河从县城流经而过，所以这地方河道多，交通网密集，水匪成灾，过往的客商饱受其害，他们都没办法对付，因为水匪来无影去无踪。田文镜很着急。这三条河都是我治下的交通要道，总出水匪之患的话，我这乌纱帽就没了。

田文镜说，邬师爷，你给我想一个办法。师爷答，你别管了，这事交给我。去了县城之后，邬师爷出了一个主意，打水匪得用军火、刀枪。河南本来就穷，拿不出这笔钱。打击水匪为的是什么？为了让商人大户做好买卖，减轻成本，所以这钱得让这些商人大户出。于是黄榜一帖，各大户土豪都得出钱。

当地有两个大户，一个叫登龙，一个叫吴仁，他俩是富户里的头目。两人一商量，说这事不能这样办，我们交着正常的皇粮国税，还要交军火钱。不交，他们带头抵抗不交这份钱。

邬师爷一拍桌子，这还了得，抓过来各打三十大板。这两位是财主，细皮嫩肉的不经打，刚打几下就求饶了。收拾住这两个带头的，剩下的商户很快就把钱交了上来。

钱到位了，开始招募壮丁。壮丁招募好了，可是没有兵刃，怎么办？拿钱买武器。上哪儿买去？离此不远有一个大集市，那里有卖的，但是去那儿得走水路。邬思道说，我雇船去吧，带上银子去买武器。于是一支队伍在水面上浩浩荡荡往前开。

老百姓一看，纷纷责骂这邬师爷真是糊涂，明明知道这地方水匪多，还带这么多钱走水路，这等于是招匪上门。

果不其然，没走多远，一帮蒙面的水匪出来把邬师爷一行人围住了，只见邬师爷不慌不忙从兜里掏出三个炮仗，点了起来。

水匪纳闷，这是什么意思？都听说劫道的要庆祝，没听说被劫的也庆祝。这一响，箱子噼里啪啦地开了。原来箱子里装的不是银钱，而是有功夫的壮丁，共有二十多人，水匪才十几个人。几下子就被抓了起来。回去一审，说你们头儿是谁？谁指使你们干的？回答是反对师爷的登龙和吴仁。

《让子弹飞》里有个类似场景，周润发演的黄四郎黄老爷也是养匪自重，那些土匪都是他养的。这个情节就是从邬思道师爷的真事上扒下来的。

各类师爷分工各不同

有人说，当官的旁边必有一个师爷，绍兴的师爷最厉害。绍兴师爷好是好，但是真实情况是，当官的旁边不止一个师爷。术业有专攻，一个师爷解决不了所有问题。

现在的政府部门，领导都要配秘书、办公室主任，这个部长那个部长的，这个局那个局的。事多了，一个人干不了，就得有具体分工。过去的师爷也是辅佐领导办事的，领导事多了，一个师爷肯定不够用。所以过去做官的人身边至少有四五个师爷。

齐全的师爷行当有九种。哪九种呢？有征税的师爷，管税收；有阅卷的师爷，县里教育部门考试，师爷负责监考阅卷；有朱墨师爷，专门起草文件，写文章；有账房师爷，收钱管账的，等等。这里面有一些师爷的职位是可以一个人同时兼任的。

但是有三种师爷很难兼任。哪三种呢？钱谷师爷，书启师爷，刑名师爷。这三种不容易兼任，因为太重要了。

钱谷师爷是做什么的？顾名思义就是给当官的弄钱的。不管是国家的皇粮国税，还是其他，反正得有一个钱谷师爷，专门想怎么能弄到钱。《让子弹飞》里的汤师爷，严格说就是钱谷师爷。

书启师爷就是起草各种文件，给官员写讲话稿的，同时对外发布各种政策条文，负责制定当地的律令、条例。

旧时有这么一个事。县里有一个地痞无赖，天天干一些偷鸡摸狗、欺负邻里的事。这些事说大不大，说小也不小。给他判重刑是肯定不可能的，但不惩治他又难以平民愤。这个县的县令也好，师爷也好，还是三班衙门也好，早都想收拾他了，就是没机会。

有一次，这小子又犯事了。镇里一个女人怀孕了，这无赖趁孕妇一个人在家，就去她家，当着她的面拿东西，翻箱倒柜一通之后，也没找着什么值钱的玩意儿。正要走的时候，突然瞥见这个孕妇手上还有个镯子，上去就把手镯拔下来拿走了。

后来这个孕妇就去衙门告状，三班衙门便来抓这个无赖。罪名很明显了。但是这个罪按照当时朝廷律令，交钱就可以不罚他了。如果没交钱，顶多就关十天半个月，以示小惩。

这可怎么办？书启师爷负责写判决书。无赖承认这件事是他做的，书启师爷就让他签字画押。本来是“揭被夺镯”，但师爷写的时候故意写成了“夺镯揭被”。无赖一看，没看出“夺镯揭被”什么意思，就画押了。

画押之后他被关了十年。为什么？罪名不一样了。“揭被夺镯”意思是把被子揭开把镯子夺走，是抢劫罪。可是“夺镯揭被”的意思是，先抢劫了，而后再揭被。揭开了孕妇的被子，就可以视为调戏妇女。这是犯了风化罪，罪名比抢劫大得多。

“揭被夺镯”就是抢劫，是侵占财产，现在“夺镯揭被”就变成调戏妇女了，是意欲强奸非礼罪，性质不一样了。书启师爷翻手为云，覆手为雨，用处和招数多了去了。

刑名师爷——“四救四不救师爷”

书启师爷之下还有一个师爷很重要，叫刑名师爷。干什么的呢？电视剧《神探狄仁杰》里，狄仁杰断案的时候总是爱问一句，元芳，你怎么看？这位元芳其实就有点刑名师爷的作用了。

2012 年，吴奇隆主演过一部电视剧叫《刑名师爷》。刑名师爷的主要作用就是帮着官大人来断案子。这个案子是往哪个方向发展？人到底怎么判？关于这些事，刑名师爷都有发言权。

影视剧中的刑名师爷经常有一些非常神的断案故事，有的刑名师爷是神探，秉持公正，把犯罪分子绳之以法，保护老百姓。现实中是不是也是如此？不全是。

刑名师爷有着独特的职业道德，有“四救四不救”，即救生不救死、救官不救民、救大不救小、救旧不救新。

“救生不救死”的意思是说，这个人已经死了，人一死如灯灭，一了百了，死了也无法复生，可以不救。听起来好像不顺耳。为什么很多国家要取消死刑？我们国家最高法院出台标准也是少杀慎杀，就是这个道理。人死了，无论对罪犯采用什么样的惩罚措施，死的人也活不过来了。

所以当时刑名师爷的主要任务，是要给活着的人尽可能开脱罪名，能轻判就不重判，能重刑就不判死刑。这叫“救生不救死”。

“救官不救民”什么意思？官和老百姓不一样。比方说犯案之后，老百姓受冤，刑名师爷会干什么？都是过去的事了，不解决了。可是对待官员不是这样的。官员犯案，往往会牵连到很多人，如果把这个案子翻过来，死的人已经闭眼睛了，但活的人得受牵连，事情就会越闹越大。所以就要尽量减轻官员的责任，避免事情扩大化。

当然，这是完全不合理不合法的，可是这对当时的师爷来说，就是他们的生存之道。留住官，才能保住自己。

“救大不救小”意思是要救得救大官，小官没那么重要。大官一旦受到责罚，容易牵连很多人；小官一旦受责罚，因为官小，受的责罚少。小官担得起，大官担不起，这叫“救大不救小”。

“救旧不救新”，是说如果一个官下台了，刑名师爷得想法开脱他的罪责，要是他还在位上，则不用管那么多。为什么要这么做呢？道理是这样的，不在任的官现在已经不贪赃受贿了，要是把责任往他身上推，一家老少不得饿死吗？因为他没有了来财之道。在任的官受点责罚不要紧，他还当着官呢，“三年清知府，十万雪花银”，马上就会把失去的给找回来。所以这叫“救旧不救新”。

所谓的“四救四不救”，咱先不管对错，听起来好像解释得合情合理，其实就是最大限度地保护官僚的利益，有合理的人道主义，也有不合理的官官相护。

这些都是古代的刑名师爷为了平衡利益的做法，跟现代法律观念完全是背道而驰的。

优胜劣汰，适者生存

晚清时期为什么把师爷制度消除了？一是因为西洋学堂里培养了很多各方面的专业人才，用不着来自民间的师爷帮助政府处理事务；另外就是刚才说的，师爷旧的思维和观念跟不上飞速发展的时代了，关于他们的一切已经过时了，所以这个职业也就被时代淘汰了。

现代社会的很多行业也是如此。你跟得上时代的步伐，你才能发展；否则，你就会被淘汰、被取代了，苟延残喘的无法维持下去。

互联网时代里，很多行业都被洗牌和淘汰了，不是互联网逼着传统产业升级，而是互联网直接把传统产业逼进了死胡同。你要不升级、不转型，只有被淘汰的份儿。

从师爷这个职业的消失过程来看，我们也看到一个词语真正的历史含义，就是“与时俱进”。

锦衣卫的那些事

他是为仕途而争的老大卢剑星，
他是暗恋教坊司女子的老二沈炼，
他是被师兄纠缠不断的老三靳一川，
锦衣卫三兄弟，身穿飞鱼服，手拿绣春刀，
他们为何如此招摇？
风光的背后究竟有何原因？

“锦衣卫”这个称呼，相信很多喜欢历史的朋友都不会陌生，我们看到的很多影视剧里都会出现锦衣卫。2014 年，大陆上映了一部电影，名叫《绣春刀》，讲述了明末崇祯年间，锦衣卫三兄弟，即大哥卢剑星，二哥沈炼、三弟靳一川，奉命追杀魏忠贤，最后却卷入一场宫廷阴谋的故事。

锦衣卫虽然是影视剧里常出现的元素，但并不是虚构的，而是真实地存在于历史中的。

下面我们就结合《绣春刀》这部电影，来说一说历史上的锦衣卫到底是什么样的？

绣春刀、飞鱼服与锦衣卫

这部电影为什么叫《绣春刀》呢？因为锦衣卫的标准打扮是手拿绣春刀，身穿飞鱼服。有句话叫“飞鱼绣春人鬼之分”，意思是穿上这身衣服，你就是厉鬼，谁见你都怕。

为什么怕锦衣卫呢？锦衣卫只干两件事——杀人、抓人，而且他们做这两件事是合法的，因为这个权利是皇帝给的。合法地杀人，合法地放火，合法地抓人，别人能不怕吗？

为什么飞鱼服、绣春刀能成为锦衣卫的一个标志呢？

先说绣春刀。绣春刀是大明年间官方给东厂、西厂、锦衣卫配制的特殊刀具。为了体现皇家的威严，皇上的龙袍是黄色的。绣春刀也一样，上边嵌金嵌银，很漂亮，所以起了一个挺好听的名，叫绣春刀。

绣春刀不是大明才有的，早在汉武帝时期，卫青、霍去病这些将领北击匈奴，当时战场上有两样东西非常重要：一个是马，一个是兵刃。那个时候，汉武帝空前重视骑兵，两军交锋时，骑兵打仗拿什么兵刃？有的人看武侠剧或者历史小说后会有这样的演绎：二马出来，丈八矛，什么七十二斤青龙偃月刀，这都是夸张。两军对垒，那么重的兵刃施展不开，往往都是刀短才快，尤其是对于骑兵而言。

早期时，卫青、霍去病带士兵和匈奴打仗，骑兵用剑，前边是尖，两边开刃，刺、砍都可以。不足在哪儿？剑两边开刃就意味着得薄，要不然刃不锋利。但是两边开刃，势必厚度不够。两军对垒的时候问题就出现了，你一挥剑，对方随便一个兵器就能把你这剑给打折了。

还有一点，剑尖锋利。比如说扎进敌人的铠甲或身体里，要拔出来可就费劲了，往外一拔，难免会把自己的手腕弄伤。所以汉武帝时期，要改革骑兵的作战工具，发明了环首刀。

什么叫环首刀呢？原来刀是两面开刃，现在改为一面开刃，但刀尖保留。前面有个尖，方便刺敌。一面开刃，另一面逐渐变窄。因一面比较厚，故可以砸对手，如果横向相打，厚的这面折不了。这种刀就叫环首刀。

到了明朝，绣春刀的特点和环首刀一样，灵活、方便、快捷，实用性非常强，形状也相似，所以说绣春刀就是当初的环首刀。

锦衣卫的另外一个特征是飞鱼服。过去文臣武将穿着袍子，上边绣着仙鹤的是文官穿的，绣着狮子的是武官穿的。飞鱼服就是衣服上锈了条飞鱼，表示身份特征。飞鱼本是神话里的动物，龙脑袋、鱼身子，有翅膀。

明朝末年奢华之风起来了，金丝银线，飞鱼服做得特别漂亮。到了现在的影视剧里，小伙子们把飞鱼服穿上之后，个个都很英俊，或许这也是锦衣卫题材的影片能火起来的原因之一。

锦衣卫是个什么机构

锦衣卫到底是个什么机构？准确地说，锦衣卫就是皇上身边的卫队。南京有个地名叫孝陵卫，是明朝皇帝的陵墓。卫，就是卫队。孝陵卫，就是给皇上看坟的卫队。锦衣卫也是皇上的卫队之一。大明朝最鼎盛的时期，皇上身边有 26 支亲军卫队，孝陵卫、锦衣卫都归皇上直接调遣。这些卫队是怎么来的呢？

1368 年，朱元璋定都南京，也叫应天府。当时天下已经太平了，可是朱元璋还没消停。他认为跟自己打仗的这些人，徐达、李文忠、刘伯温，等等，能耐都很大，万一要造反，我不坏了吗？

这就跟宋太祖赵匡胤“杯酒释兵权”一样。当初宋太祖一琢磨，“陈桥兵变”后，我黄袍加身，万一哪个大将效仿我，我的天下也不稳啊，所以他想了“杯酒释兵权”这一出。

朱元璋呢，手下功臣能耐大，他不敢来个“杯酒释兵权”。这些功臣中肯定有忠有奸，问题是怎么分辨谁是忠谁是奸，成本太大了。人心隔肚皮，而且事情是发展变化的，今儿是忠臣，明天可能就变了。朱元璋就想了个主意，我不管你忠臣奸臣，我都砍了。可是这些人有大功，不能明杀，所以他想暗地里收拾他们。

这个活儿谁来干呢？朝中的军队是掌握在众大臣手里的，而且使用军队会兴师动众。有句话叫“太平年代刀枪入库、马放南山”，要真动军队得有程序，得有相应的御史言官监测，不是皇上一人说了算。朱元璋为了达到自己的政治目的，他要单独弄一个部队，于是就成立了锦衣卫。锦衣卫的作用就是来为皇帝完成暗杀、间谍、抓捕等任务。

锦衣卫是如何炼成的

锦衣卫都是武功高手吗？他们都是些什么人？

锦衣卫里面多是一些孤儿，社会关系简单。他们从小在一块儿就是练武功，互相比武，厉害的留下，弱的离开，也有被直接打死的。民间有个说法叫“九犬一獒”，这个獒不是指西藏、青海的藏獒，指什么呢？比方说十个小狗崽被扔到洞里，在井里互相掐互相咬，最后，九个都被咬死了，剩下一个是最厉害的，这狗就叫獒，不叫犬。这就是“九犬一獒”。

锦衣卫也用这种方式训练吗？不是，这是影视剧里胡编乱造的。锦衣卫不是特种兵部队，保护皇上执行暗杀抓捕，得有两下子，但最主要的工作是做间谍，侦查和暗杀，所以锦衣卫里有高手，但不会都是高手。尽管这样，人人都惧怕锦衣卫，因为他们有皇上赋予的特殊权利，这个权利使锦衣卫形成了一个小朝廷一样的机构，叫诏狱。

诏狱是独立于公检法系统外的司法系统。封建社会一样有公检法机关，比方说，大理寺其实就是法院，刑部就是公安部。诏狱是独立于这些之外的。过去老百姓犯法了，各地的刑部捕快下去抓人，抓完了得走司法程序。可是这诏狱是锦衣卫控制下的机构，不走任何司法程序。他们把人弄回来，只要签字画押，招了就成，然后直接把犯人下大狱或者杀了。

锦衣卫这帮人为了破案出效率，什么招都使得出来。严刑拷打，刑讯逼供，屈打成招的也有，根本就没有公道。当时的满朝文武，没有不怕锦衣卫的。

当然，有很多老百姓并不怕他们，不造反不谋反就没事，因为锦衣卫的职责主要是监视官吏。

只要哪个官员犯了事，落在锦衣卫手里，各种酷刑一并使上，你想不招，几乎没可能。由于他们追求办案效率，最后难免就会出错，所以锦衣卫造成的冤假错案不计其数。

后来，锦衣卫的风头一点点被东厂、西厂给盖过去了，东厂和西厂的头儿往往都是太监，大太监魏忠贤就是东厂的头儿。

《绣春刀》里，魏忠贤权倾朝野，不把崇祯皇帝放在眼里，皇帝就让锦衣卫把魏忠贤暗杀了。

沈炼要杀魏忠贤，魏忠贤很聪明，对这兄弟三人使了“反间计”，说你们哥儿仨没靠山，要不能穷成这样吗？你们什么来历我都知道，我是东厂的头子，对锦衣卫很了解，我这儿有些金子给你，换一条命怎么样？

后来沈炼为了帮他大哥买官，就收了魏忠贤的金子，放了他一条命。

东厂为何压倒锦衣卫

东厂怎么这么了解锦衣卫呢？东厂又是怎么来的呢？

我们都知道朱元璋隔辈传了皇位，传给他的孙子建文帝朱允炆，惹恼了他的四儿子燕王朱棣。朱棣当时在北京，建文帝朱允炆在南京。叔叔于是造侄子的反。后来经过“靖难之役”，朱棣获胜，攻进南京城后，却找不着侄子，建文帝朱允炆不知道躲哪儿去了。

活要见人，死要见尸，侄子要没了，他的皇位就不具备合法性。

当时满朝文武在背后议论纷纷，这让明成祖朱棣很恼火，认为这对他的统治地位产生了很大威胁，要收拾那些议论的人。怎么收拾呢？用锦衣卫。问题是，锦衣卫的机构设在皇宫之外，说白了他们是外臣，用起来不大方便，传个信息都得经过几道设置。

明成祖朱棣就想，要用内臣。内臣都是谁呢？宦官，也就是太监。太监就在皇宫里，是皇上身边的人。于是明成祖朱棣建立了东厂。

东厂与锦衣卫的工作差不多，承担间谍工作，包括侦查、逮捕、暗杀。但是东厂离皇上最近，皇上使用起来很容易，比锦衣卫方便，所以东厂的势力越来越大。

后来大到什么程度？宦官整天在皇上身边，极容易获得皇上信任。锦衣卫头目是外臣，不像宦官那样每天和皇帝一块儿待着。锦衣卫的头目叫指挥使，指挥使向皇上请奏事情得上奏折；而宦官，东厂、西厂的头目，向皇帝请示能直接找到皇上跟前。到后来，锦衣卫指挥使见到东厂头子都得跪下磕头。

那西厂又是怎么回事呢？西厂是个短命的特务机构，换了两任头目后就倒了。东西厂头目都是太监，但东厂、西厂的所作所为比起锦衣卫来，那是有过之而无不及的。

东厂、西厂、锦衣卫，这三大特务机构，为什么令很多人闻之色变？主要原因是，他们根本不走司法程序，权利是皇权赋予的，独立于正常司法系统之外，是一个小司法系统，可以无所不用其极。任何人进到里面，没有规矩可循。

当今中国高度强调依法治国，最高领导人也多次讲过，要把权力关进制度的笼子里，强调任何人和组织都要受法律约束，任何人和组织的活动都要在法律框架之内。

其实这是对几千年来封建专治的一种反思，也是对东厂、西厂、锦衣卫这几大特务机构灾难性存在的一种反思。独立于正常司法系统之外的任何一种势力，对于民主文明的社会来说，都是最大的灾难。

寂寞的狙击手

百步穿杨，一击必中，谁才是战场上的神话?

古代射手，现代枪神，他们又有哪些相似之处?

身手敏捷，睿智潇洒，背后是怎样的辛酸艰难?

光辉的背后，是孤独的深渊。

本是大英雄，竟成牺牲品。

中国有句老话叫“明枪易躲，暗箭难防”。暗箭为什么难防？因为你在明处，危险在暗处，你不知该如何防备。等危险真的到来的时候，你再躲就有些晚了。

军事学里有个名词叫“狙击”，执行的人叫狙击手。一说狙击手，有人马上想起很多影视剧，《我是特种兵》《美国狙击手》等。影视剧里的狙击手很潇洒，枪法都特别好，几百米之外就能瞬间击中敌人，而且百发百中。任务完成后，一个漂亮的转身离开，颇有千里不留行，事完拂衣去，身藏功与名的高手气质。

现实中，狙击手是不是个很风光的职业呢？肯定不是。真正的狙击手的生活状况是什么样的？我来给大家说一说。

狙击手存在的价值有两点。第一是以远及近，就是他在很远的地方，目标则在近处。中国古代的狩猎者以及后来打仗的时候两军对垒时都发现，远距离精准打击是最安全的。因为我离你远，你不好确定方向反击我，对我来说也没有太大危险。第二是以小博大。什么叫以小博大？一般能让狙击手出动的都是需要执行的重要任务，他的对手往往是对方重要的军事人物。而相对来说，他自己是个小目标。牺牲一个狙击手可以换对方一个军事统帅，所以从军事意义上而言，是以小博大的。

狙击手的起源

现代军事意义上的狙击手出现于第一次世界大战时的德国。当时德国培养了一批机动灵活的狙击手，给英国、法国、俄国带来很大的麻烦。但狙击手这个职业并不是从一战时出现的，古代就有狙击手，只不过不叫狙击手，叫神射手。

古代有箭，人常说“神箭手百步穿杨”，古代的狙击手就是神箭手，也叫神射手。很多朋友都熟悉后羿射日的神话故事，后羿就是最早的狙击手。

历史上真有这个人，他本名就叫羿。后羿是谁的部下？上古三皇五帝有尧舜禹，他是唐尧的部下，也是唐尧御用的射术老师。

历史上最早的真实的神箭手是谁？春秋战国时期楚国的养由基。

有个成语叫“百步穿杨”就是自他而来。何谓百步穿杨？人退到百步开外，杨树叶子是绿的，用红颜料把其中一片叶子涂红，万绿丛中一点红，显眼。人在百步开外搭弓射箭，一箭从那个红颜色的树叶射穿过去，

眼力、腕力准确到家，所以养由基是神箭手的老祖宗。

当然，历史典籍记载中有很多这样的神箭手故事，《水浒传》

里的小李广花容，就是神箭手。

神箭手为什么跟狙击手相似呢？因为他们关键时刻能发挥大作用，比如对方城楼上有个重要的统领在耀武扬威，神箭手埋伏在马兵的后头，远远地一箭射去就能要了他的命，发挥了以远及近、以小博大的重要作用。

百步穿杨的老将黄忠

两军对垒的过程中，神箭手的作用完全不输给大马长枪。《三国演义》里的赤壁之战，刘备带着手下哥几个攻城略地，取零陵，取桂郡，最难取的是长沙。谁打长沙？关公。长沙有条河流叫拖刀河，就是关公使拖刀计的地方。

关公打长沙时，长沙太守韩玄手底下有个了不起的将领，黄忠，五虎上将之一。黄忠那时候60多岁了。关公身强力壮，手使青龙偃月刀，跨下赤兔马。两军对垒，还没正式开打呢，黄忠的马就吃不住劲儿了，前蹄一软，把黄忠从马下掀了下来。照理说关公应该上去手起刀落，黄忠就会人头落地。但傲气的关公一看，某家刀下不死无名之鬼，你的马不行，把你摔了下来，我若给你一刀，我成什么人了，你回去换战马，再来与我一战。

关公把黄忠放回去了。第二天黄忠换了战马再跟他打。关公刀快且狠，黄忠近不了他的身。于是黄忠二马一错蹬，跑出老远，和关羽拉开了一段距离，然后一转身，从后边把弓摘下来，一搭箭，远远地冲关羽一箭射去，射中了关羽头盔上的一面红缨。这可厉害了，射人头容易，射红缨不易，因为太小了。

其实黄忠就是想告诉关羽，我能一箭把你的红缨射下来，那么取你人头也很容易。为什么不要关羽性命？昨天从马上掉下来，你能杀我却没杀，你是英雄好汉，我敬你，今儿个我也饶你一命，咱俩一命换一命，我不欠你的。

所以从这儿我们可以看出，两军对垒时，神箭手发挥的作用很大。

影视剧里潇洒的狙击手

影视剧里经常把神箭手、狙击手浓墨重彩地夸大了，把他们写得出神入化。

《射雕英雄传》里的郭靖，看起来有点呆呆傻傻的，但跟师父哲别学了一手好箭术。哲别在蒙古语里是神箭手的意思。郭靖最后当着铁木真的面一箭双雕，射下两只雕来。《射雕英雄传》的名字也是从这儿来的。当时铁木真一看，这孩子是个英雄，我把女儿华筝公主嫁给他。郭靖一下子就成了金刀驸马。所以神箭手在过去是英雄的象征，而不是突施暗箭的小人伎俩。

因此，“射雕英雄”也成了很了不起的代名词。毛泽东诗词里有成吉思汗“只识弯弓射大雕”。弯弓射大雕是英雄的基本功之一。

韩国有部电影叫《暗杀》，全智贤扮演的女主角是一位特工，是个超一流的狙击手。

有一次，己方部队半夜三更被敌人袭击了，她把枪架上，准备射击敌人。可是晚上黑咕隆咚的，不知道敌人在哪儿。她的队友打出了照明弹。照明弹从发光到落下只有三四秒钟，但对狙击手来说这三四秒钟足够了。全智贤四下一看，三四枪打了出去，对方坦克车上站着的几个重要人物全被她打死了。她一收枪，跟着领导走了，背影特别潇洒。

这都就是影视剧里的狙击手形象。

现实中辛苦的狙击手

是不是狙击手在生活中也同样潇洒？肯定不是。其实咱实事求是地说，狙击手是世界上非常辛苦的职业，当狙击手也不见得是什么荣耀。

首先辛苦的是狙击手的工作环境和工作流程。狙击手一般分几种情况，有一个人单独行动的，有两个人一起配合行动的。俩人的狙击手，就是有一个人负责侦察地形，另外一个人选地方准备埋伏。选好之后，执行狙击手就在那地方趴着等；另一个狙击手就察看四周状况，等到目标出现了，告诉你怎么调转角度能把目标毙命。两个人配合得非常默契。

大多数时候，狙击手都是一个人执行任务，这可遭罪了，连聊天的人都没有。狙击手执行任务时，首先要潜伏。比如说这个地方，可能两天以内有个大人物会出现，那你就得在周围查看哪个地方适合隐蔽。如果隐蔽点是山包成沼泽，你就得半个身子泡沼泽里，不能让对方发现你，身上还得涂得五颜六色的，一直趴着等着。目标要是一个小时后来，你就潜伏一个小时；他要两天才来，你就得潜伏两天。不能动，上厕所也受限制，吃的食物基本就是压缩饼干。

据说狙击手吃的压缩饼干，一块能顶 18 个小时，很难吃。而且还不能多喝水，喝水容易上厕所，一动弹就会将自己暴露，潜伏任务就全白费了。而且这种情况下，对方也可能有侦敌嘹哨的，看见可疑者，啪一枪把你击毙了。

所以说狙击手的工作环境是非常恶劣的，尤其是潜伏过程，最考验狙击手的耐心和耐力。

电视剧《我是特种兵》里有一段，吴京演的特种兵叫何晨光，在演习的时候，他的战友被对方发现抓起来了，唯独他逃脱了。怎么逃脱的？虽然狙击手可以在沼泽里隐蔽，穿上迷彩服之后也能完美地和周围的自然环境融为一体。但是现代侦查技术非常发达，它可以根据热量判断人在哪儿。

于是他把沼泽里的泥糊到身上，热量散不出去了，他就躲过去了。可是散不去热也不是好事，体内温度太高就会导致高烧，何晨光最后发高烧直接躺地上了。

这都是狙击手在环境上所受的苦。其实这个苦还是次要的，还有比这更苦的。苦在心理上。影视剧里的狙击手总是在干净利落地击毙目标后，给人留下一个潇洒的背影，但在现实中，杀人对于施行者来说，心理负担太重了。即便是枪毙犯人，也会给执行者留下心理负担。

所以对狙击手来说，最大的心理负担来自这个层面。现代狙击手的培养体制是执行完任务后放假，有心理咨询方面的人给他们做复杂的心理疏导。有不少绑架案，绑匪把人绑了，狙击手出动，啪啪两枪把绑匪打死了，任务完成后转身就走，现场什么样，他不用管也不看。转身就走就是为了避免心理上受刺激。

消灭战争，世界和平最重要

狙击手的心理调整，应该说是非常难的。苏联有部电影叫《兵临城下》，讲二战时候苏德打仗，苏联有一个出名的狙击手，叫瓦西里。这位瓦西里神出鬼没，枪法很准，德国人很头疼。

后来德国人决定派一个高手来收拾他，也是个狙击手，有“老狐狸”之称的华少校。华少校被派到前线上，两人互相之间都知道对方厉害。瓦西里的上司为了帮助他完成这任务，派了个小孩，叫小西。小孩干吗的？就是以乡村孩子的名义接近华少校，刺探一些情报。然后通知瓦西里，他会预先埋伏着，等华少校出现。华少校相当精明，发现小西是个小间谍，就把他杀了，把他尸体挂到瓦西里必然出现的路上。瓦西里一看到小西的尸体，顿时就崩溃了。

狙击手的心理战往往是要在真正交锋前打响。瓦西里的心理崩溃了是个累加过程。在此前的任务执行中，他心里一直有这种意识，一旦受到强烈的刺激，就会彻底崩溃。

有一部片子叫《美国狙击手》，是根据真人真事改编的。一个叫凯尔的狙击手，水平非常高，四次上伊拉克战场，他的枪下死了 200 多个恐怖分子，都是反政府武装的人。

打死这么多人，他心里的负能量累加太多。每次开枪之前，他都不敢想，我打死的这个人也有妻子、儿女、老人吗？但是他不能想这个，而是想要不打死他，战友就没命了，或者他的命也就没了，只有这样想才能让他战胜恐惧，开枪射击。

有一次执行任务，恐怖分子把火箭筒交给一个孩子，让他摁着火箭筒直接去打美军。当时凯尔就把枪对着那孩子，阻止他摁着火箭筒，可是一看那么小的孩子，他心里头很难受。怎么办？排除杂念射击。还好后来这个孩子放弃了任务，把火箭筒扔下跑了，他才长出一口气。

四次上伊拉克战场，遇到过这么多事，杀了 200 多人，他心里的负担相当大。他回到美国之后，自己看心理医生的同时，也积极帮助那些从战场回来的士兵疏导心理，通过自己的知识告诉他们如何缓解心理压力。可是不幸的是，最后，一个他帮助过的战友由于心理变态到了严重失控的地步，从背后一枪把他打死了。

一个狙击手以这样的方式结束生命，是对战争最大的讽刺。

这部片子之所以经典，是因为它引发人们对战争做出思考。有的时候，战争是有正义和非正义的。我们讴歌正义的战争，但是必须认识到，战争的本质是残酷的。任何一场正义的战争，都不能与和平相比。人类最需要的是和平。

狙击手最好的明天是什么？如果这个世界没有战争和争端，就没有狙击手这个行业。战争和争端结束的那一天，才是狙击手最光荣的归宿。

特殊的职业：保镖

保镖爱上雇主，要付出怎样的代价？

为何卡扎菲要带女保镖？

这个行业的最大敌人是谁？

影视剧里有一个很特殊的职业行当——保镖。一说到保镖，很多朋友脑海里会很有画面感，某一个政要、明星、大老板在前面走，后面跟着一堆戴着墨镜、穿着黑西装、高大魁梧的保镖。这是影视剧里常见的保镖形象。

事实上保镖是不是这种情况呢？咱们结合影视剧里的保镖形象，说说我们现实中保镖的生存状态。

和雇主谈恋爱

咱们首先说一说保镖和雇主谈恋爱这件事。

很多影视剧里，保镖都是高大英俊、威武有力的形象，对女雇主悉心呵护，甚至不惜为她牺牲性命。女雇主呢，一般则是个年轻漂亮的女人，对这种既有安全感又舍身保护她的男人，往往会产生爱慕之情。这是影视剧里经常出现的桥段。

有人可能还记得 1992 年好莱坞有部非常有名的电影，名字叫《保镖》，主演保镖的人就是著名的帅哥凯文·科斯特纳。什么情节呢？有个当红的女歌星，拥有万千粉丝，人气非常高。但是人红是非多，身边也有很多人嫉妒她，她感到人身受到威胁了，就请了一个保镖。找了个什么样的保镖呢？别人给他介绍，说有一个人很厉害，以前给美国总统当过保镖，肯定合格。于是这个歌星就把他给聘过来了。时间一长，女歌星发现这保镖太好了，就爱上了他。

两个人展开了一系列的恩怨情仇。不论这个女明星怎么折腾，凯文·科斯特纳饰演的保镖从来没有明确表过态，而且和她始终保持距离。

当时很多人看这个电影的时候，都在猜测这两个人最后会不会在一起。等到了电影的结尾，影片里也没明确说，只是说这个保镖的合同到期了，他完成任务该离开了，这时女歌星奔上去，一下子把他抱住。电影就在音乐声中结尾了。

为什么电影结尾要这么处理呢？其实是给保镖这个行当立个规则，对这个行业和规则表示致敬。因为在保镖行当里，如果你要和雇主谈恋爱，那你就立马别干了。

为什么呢？有一句话是，恋爱中的人都是傻子。人一恋爱，整个人心态都会发生变化。而保镖这个职业需要高度的冷静和智慧，他要应对很多突发事件、复杂情况，一旦和雇主发生感情，就会影响他的判断，很可能会导致重大失误。所以这是保镖行当的大忌。

这行的职业道德是什么呢？你跟你的雇主之间就是雇佣关系，你负责保护他，其余感情都不能有。如果有，你就违背了保镖这行的职业道德。

但是人的感情是无法控制的。万一保镖和雇主之间产生了除雇佣关系以外的其他关系，那这个保镖就应该立刻辞职，或者离开这个行业。

时刻准备替雇主挡子弹

可能有人会想，当保镖挺好的，不仅能近距离接触名人，还能和名人们游山玩水。其实不然，保镖这行非常辛苦，有时候还会有生命危险。

影视剧里，李连杰主演的《中南海保镖》，在保护女雇主的时候，子弹朝女雇主打过来，他得往女雇主身前扑，替她挡子弹。这绝不是影视剧里夸张的表现。

保镖这行本身是有生命危险的，这是保镖的职业特点决定的。人家花大价钱雇用你，你就得保证他的生命安全。要真有子弹飞过来，想都不用想地往上扑。倒不是说当保镖一定得送命，他基本上都穿着防弹衣，也时刻有心理准备。

原利比亚的独裁者卡扎菲因为树敌过多，每次出行都要带着一个三四十人的保镖团。保镖团没有男的，清一色的女的，号称美女保镖团。

为什么卡扎菲要带女保镖呢？这是由卡扎菲的经历决定的。他最开始雇佣保镖的时候，男女都有。有一次他出行，在车里边遇到了袭击，对方拿的是重型冲锋枪。车子设施再怎么好，也挡不住重型冲锋枪，子弹雨点式地打了过来。不少男保镖就躲开了，可他身边的女保镖都一直在拼命为他挡子弹，最后卡扎菲活命了。从此以后，卡扎菲就说，女人对我更忠诚，我不相信男人。所以后来卡扎菲就雇佣了三四十个美女保镖来保护自己。

高风险，高收入

有部电影叫《廉价保镖》，三个高中生因为害怕到学校挨揍，一起凑钱请了一个保镖。这个情节都是影视剧里编的，在现实生活中请一个保镖花费很高，不是小孩子在一起随便凑凑零用钱就能请得起的。

保镖这行需要的技能很多，面临高风险，绝不可能低价钱就能雇到。一般保镖公司里的保镖，不是每个人都有活儿干。公司给保镖开的基础年薪大概在人民币 15 万左右，有活儿再另说。

名人需要在特殊场合临时雇保镖，一天五万块钱的都有。干一天就能赚五万块钱，收入相对来说还是很丰厚的，可是丰厚收入背后往往意味着更多的付出。雇主在活动，保镖就不能休息，甚至 24 个小时不睡觉，这对保镖来说是常有的事。

保镖必须得会擒拿格斗，会开车，有的甚至会驾驶直升飞机或轮船。攀岩等户外生存技能，都是他们的训练科目。

保镖这行当有两个最大的敌人，第一是面临危险情况，第二是面临诱惑。干这个行业很枯燥，而且你的雇主非富即贵，或者非常漂亮。当你处在这种环境的时候，面对种种诱惑，是否还能守住职业的底线？这是最关键的问题。

很多保镖在尽职尽责完成任务之后，如果要转到另一个行业，往往都要请一个心理医生来给自己做心理辅导。因为在做保镖的时候，他们面临的心理压力非常大，必须要经过心理疏导之后，才能转入其他行业开始正常的生活和工作。

喜剧人的职业病

他们外表开心幽默，内心却抑郁消沉。

喜剧大咖们，大多有个悲惨童年。

不开心的喜剧人，到底有哪些职业病?

随着人民群众生活水平的提高，大家对精神世界的追求也越来越高，这时有种戏剧形式的市场需求量开始增大，那就是喜剧。不论是相声、脱口秀，还是电影喜剧、话剧里的喜剧，都广受人民群众的欢迎。

很多人都挺佩服喜剧演员。只要他们一上台，不论搞怪，还是幽默，总把观众逗得哈哈大笑。他们怎么这么幽默？这么有意思？有的人说，如果我丈夫或者我媳妇要是这样的人该多好，一张嘴就能把我逗乐，让我们的生活到处充满快乐。

谁要是这样想，可能得失望了。如果你和一个喜剧人一起生活，恐怕就不那么美妙了。为什么？这就跟饭店大厨回家不做饭一个道理。同样的，喜剧人在台上包袱不断，动作夸张，把大家逗得前仰后合，但是在生活当中，大多数喜剧人不仅不快乐，甚至还有点抑郁，以及一些心理问题。

为什么？咱们给大家分析一下喜剧人自己的悲喜人生。

容易抑郁的喜剧人

对于一个喜剧人而言，这个行当不怎么好做，因为喜剧演员比其他演员更有挫败感。

举个例子。武打演员在台上连续翻跟头，底下人一直叫好，只要不失误，掌声肯定会连续不断，他就达到目的了。悲剧演员，他们演悲剧的时候，观众也会受情绪感染一起跟着哭，现场的气氛不难把控。

喜剧演员难在哪儿？一个段子不可能只有一个包袱。说一个段子，观众乐一个小时，那是不可能的。喜剧的包袱是一个接一个，这会儿乐，过一会儿再乐，这是喜剧包袱的特点。

问题是，要是观众不乐怎么办？参加过央视春晚小品演出的演员都说，为什么我们在台上那么卖力？就怕观众听不见包袱。抖完一个包袱，底下没有笑声，完了，演员就跟掉进冰窟窿里一样，心里没底了。包袱没响，没人乐，喜剧演员在台上就会害怕担心。

而且，喜剧包袱也不可能让所有人都乐。有的人笑点高，有的人笑点低。笑点低的人会乐，笑点高的人不容易乐。还有，同样的包袱，北方人听了觉得太好玩了，南方人听了，可能会无动于衷。所以喜剧演员经常会碰到这种现象，抖完包袱，底下人不乐。一旦观众不乐，演员是极其灰心的。

郭德纲有句话说得挺有道理：两个说相声的上台，二十分钟过去了，底下一个乐的都没有，你觍着脸上来，好意思下台吗？

这就是喜剧演员的忧虑，就怕观众不乐。想让每个观众都乐，他就一定会对艺术精益求精，对自己严格要求，才能达到喜剧的效果。

因为心理压力过大，时常会有挫败感，导致很多喜剧演员得了抑郁症。美国著名的喜剧演员罗宾·威廉姆斯，主演过《大力水手》《勇敢人的游戏》等电影，同时他也是一位脱口秀明星，最后因为抑郁症上吊自杀了。

英国有一位很著名的世界级喜剧演员叫罗温·艾金森，听名字大家可能会有些陌生，不过他还有另外一个称呼大家肯定熟悉，叫“憨豆先生”。

2003 年的时候，憨豆先生拍了电影《憨豆特工》，票房大卖。2010 年做了续集，憨豆先生还是继续扮演他的倒霉蛋形象。片子出来之后，票房也不错，但是大家对影片的质量褒贬不一。甚至有人说，憨豆装疯卖傻这么多年了，从二十几岁到五六十岁一直这样，戏路一点都没改，太单一了，并且总靠装疯卖傻博观众一笑，档次太低。

当时这种论调在网上大量出现，经纪人建议憨豆先生别上网，不要看那些没道理的评价。

这不是因为憨豆先生心眼儿小，而是他对自己要求特别苛刻，他要尽可能让所有观众都满意。大家说他不好，他要改。他认为人家既然评论了，我就该改，但是他做不到的时候，难免会憋屈上火，所以就抑郁了。他曾跑到美国，用了五周时间找心理导师给他疏导。

这是非常常见的现象，很多喜剧演员的抑郁症往往就是这么来的。即使是像憨豆先生这样世界顶级的喜剧大师也无法避免。

痛苦和纠结从何而来

美国著名喜剧演员金凯瑞曾主演过《冒牌天神》《变相怪杰》等影片，表演动作非常夸张。

当年他一边进修学表演，一边在一个小俱乐部里演喜剧。每天晚上用二十分钟左右的时间表演一个小品，是独角戏。他要求自己每天晚上的表演必须跟前一天的不一样，要有新东西加进来。

他的喜剧水准确实高。有些观众头天看得非常高兴，想第二天再看，第二天他却不演前一天的，坚持不重复。结果有的观众不愿意，他就跟观众较上劲了。在小剧场里，观众就起哄，最后把他气成什么样？他把啤酒瓶子打碎，拿着啤酒瓶子问，我看你们谁再吵闹？这句话是认真的，底下人却以为他在抖包袱呢，还跟着乐。其实观众要真跟他一直较劲，他真敢冲下去打人。由此可见，他的压力非常大。

金凯瑞拍了很多好莱坞喜剧片，那可不是硬逗观众乐的。他对每个镜头都精雕细琢，对自己要求很苛刻。但是再精益求精，他也不可能始终保持高水准，一旦有下滑，他就会接受不了自己。

国内很多喜剧人也有这种情况。“开心麻花”的沈腾，大家管他叫“纠结帝”，对于包袱该怎么使，该怎么突破，他总想做到最好，不愿意平淡无奇。

大多数喜剧明星，台上和台下时不太一样，基本上是台上活蹦乱跳，一个包袱接一个包袱地逗观众笑，台下却不爱说话，经常会很沉默。

卓别林有一个故事很有意思。他得了抑郁症去找大夫，大夫不认识他，因为卓别林在台上和台底下完全不一样。大夫说，给你吃药你也一时半会儿好不了，城里剧院来了个喜剧大师，谁去看他的表演都会乐，你去看，三天保准病能好。卓别林问大夫，那人是谁？大夫回答，是喜剧大师卓别林。卓别林告诉大夫，我就是卓别林。

作为世界闻名的喜剧大师，卓别林也很难摆脱抑郁。抑郁症往往是喜剧人如影随形的一个病。

执着是喜剧人的病

喜剧人还有一个毛病，比一般人都执着，说白了就是犟。

一个喜剧人的作品里经常会有相似的元素，比如卓别林，他的电影《大独裁者》《城市之光》虽然也有变化，包袱手段层出不穷，但有个特点，女主角的类型基本都一样，都是天真的少女。

为什么？因为生活中，卓别林最心仪的女人就是个天真的少女。他的初恋对象就是这么一个女孩，叫海蒂·凯丽，十分天真。卓别林的几任老婆大多没有超过 19 岁。

那时候卓别林 19 岁，海蒂·凯丽 15 岁，卓别林就喜欢上了她，并向她求婚。女孩觉得自己太小，没答应，卓别林受刺激了。等到海蒂·凯丽想嫁人的时候，卓别林不在家乡了。卓别林再回来的时候，海蒂·凯丽早就嫁人了。这成了卓别林终生的遗憾。

所以后来无论拍什么电影，卓别林电影的女主角都是天真少女的模样，这成了卓别林内心的执着。

越是喜剧人，这种强化印象的意识就越深，这就是喜剧人执着的一面。当然，喜剧人的这种执着还与喜剧创作的特点有关。喜剧是什么？鲁迅先生说过，喜剧是把人生没有价值的东西撕碎了给人看。什么是人生无价值的东西？喜剧是怎么出现的？小人物想干大事，像憨豆先生，他总想干这干那，但实力不够，所以必然出怪露丑。或者是身居高位的人，能力不足，就一定会弄出很多糗事错事。这些都是一种错位效果，所以就形成了喜剧。绝大多数喜剧都是这样的规律。

在表演过程中会出现各种现象，形成一种落差，逗人乐。为了达到幽默效果，怎么办？不仅在台上装疯卖傻、出怪露丑，内心还得琢磨一个笨蛋是怎么想的，一个心理变态的人是怎么想的，一个极其弱小、充满幻想、不切实际的人是怎么想的。他得入戏。

俄国著名的戏剧和表演理论家斯坦尼斯拉夫斯基有一种理论，主张“演员要沉浸在角色的情感之中”。要演一个什么样的人，你得先做这样的人。

还有一种重要的理论叫“情感记忆”，最早是美国人提出来的。意思是，你要表演什么，就得在生活中一遍一遍做这样的事，然后把当时的各种感受记下来。

登台的时候，一演到这段戏，你就不断地想到自己之前做这件事的感受，脑海里都是记忆中的印象，这才能入戏。这种方式危险在哪儿？一旦入戏，你会出不来，从台上下来，你还会沉浸其中，走不出当时的那种情绪。这是喜剧演员最痛苦的地方。

但是，这都不是喜剧人真正想要的，而是由于他们的职业特征决定的。当我们在屏幕上或舞台上看到喜剧人给我们带来非常好的笑料和包袱时，哈哈大笑时，不要忘了喜剧人真的很辛苦。我们应该在欢笑之余，理解他们的各种不易，对他们的作品予以真正的关注和热爱。

如何找到适合自己的职业

笑星范伟，屡次改行为哪般?
娱乐大佬张国立有着怎样的转行之路?
从小透明变成大咖，他们是如何做到的?

影视圈里有导演、道具、美工、化妆、灯光等，分得很细。现在的很多演员大咖，其实都是转行过来的，原先不是干这个行业的。有一天突然发现，我不适合干这个，我转行吧。这一转，迎来了一片新天地，最后成名了。

咱就来说说，这些在娱乐圈里自我完善、自我转行的大咖，他们经历了哪些坎坷。

范伟屡次改行为哪般

先说一位大家比较熟悉的喜剧演员，范伟。范伟什么形象呢?“脑袋大，脖子粗，不是领导就是伙夫”，这是小品《卖拐》里的一句台词。范伟在生活中也是这么一个形象，圆圆乎乎的大脑袋，脸上有点儿胡子，给人感觉憨憨的，经常演一些纯朴中年大叔的角色。

范伟是沈阳人，小的时候挺喜欢唱歌，他的一个老舅认识不少文艺圈的人，给他介绍了一个老师，让范伟跟着学唱歌跳舞。过了一段时间，老师跟他家长说，对不起，我不能误人子弟，你这孩子干不了这个，唱歌呢，五音也不是很全，跳舞那就更不用说了，这骨头都硬了，已经压不出来了。

但是走的时候，老师给他家里提了个建议，说这孩子虽然唱歌跳舞不行，但是很爱说话，没事净贫嘴，不行就让他学说相声吧。

其实这是对相声行业一种误解。谁说贫嘴就能说相声？不是那么回事。相声讲究好的悟性和技巧，需要高超的说学逗唱的表演技巧。说好相声太不容易了。

有一年，北京大兴有个老太太领着小孙子找郭德纲拜师，说，郭老师，让我孙子跟你学相声吧。问这孩子有什么天分。一张嘴就撒谎，可适合说相声了。这把郭德纲给气的。一张嘴就撒谎，这是对相声演员的一种侮辱。说相声不是那么回事。

不过误解归误解，范伟最后还是去学了相声。16 岁那年，他拜沈阳曲艺团著名的相声演员陈连仲为师，结果学着学着，还学出了一些小名堂。

20 世纪 90 年代初，合肥举办相声节，范伟得了个表演一等奖、创作二等奖。这段相声名字叫《要账》。那时候一些企业之间会有互相欠账的情况，一到年底，清欠成了头等大事。有家单位外边欠账挺多，为了能要回来钱，雇了三个人去要账。这三个人就装病，说自己患有肺结核，你要不给我钱，我就天天守在你家，喝你家的水，用你家的杯子，看你害怕不害怕。

他那个时候说相声，相声功底大多不扎实，虽然获得了一些奖，但是一直也没怎么出名。

后来中央电视台有个节目叫《综艺大观》。那会儿各个地方电视台也没什么好节目，都模仿《综艺大观》。范伟说，干脆我当主持人吧，就这样范伟在地方台当了主持人。也就当了两年，赚了个脸熟，也没出什么大名。

但是范伟一直没放弃自己的表演梦想。他觉得自己作为相声演员，是不是能拍个戏什么的。一直到 1995 年，机会来了。

1995 年春晚有个小品是赵本山的《刘大叔提干》。赵本山跟范伟都在铁岭文工团待过，于是赵本山就把范伟带来，让他饰演《刘大叔提干》里的秘书。

之后他又陆续演了好几个小品，像《三鞭子》这样的小品，也没出名。直到 2001 年，高秀敏、范伟、赵本山一起演了《卖拐》，范伟才出名了。

从此以后，范伟决定按照这形象来了。《天下无贼》里，他也是这个扮相，演一个脑子不好使又有点一根筋的中年大叔。

他过去是说相声的，幽默细胞还在，所以他演喜剧时虽然台词不多，却特别出彩。

看范伟的经历，学歌舞不行，改学相声，相声出不了名改当主持人，主持人红不了改演小品，演小品觉得自己定位不对，最后撞上一个非常好的造型，终于成功了。后来无论是电影《芳香之旅》，还是电视剧《老大的幸福》，他都是用这个扮相出演。找准了自己的定位，才成了娱乐圈里的喜剧大咖，这是他经过多次转行带来的经验。

张国立有着怎样的转行之路

其实很多影视剧演员都是从相声那行转来的。为什么呢？相声这个东西，易学难精，要想说好特别不容易，所以有的人干着干着就转行了。

不仅范伟，还有一位转行大咖，也学过相声。谁？张国立。

德云社十周年的时候，张国立还上台主持过。张国立主持能力还是不错的，而且他还会打快板。

以前相声演员经常出去走穴演出，张国立也跟着去，当报幕员。报幕员上去，有的时候为了调动现场气氛需要调侃两句，所以张国立偶尔还使个单口。后来有一回，侯宝林有个徒弟说，我那个搭档刚好有事，干脆咱俩来一场，你逗哏，我给你捧哏。所以张国立那阵儿还成了业余的相声演员。

后来他怎么又转行当了演员呢？其实张国立那会儿有一个目标是当导演。为了能实现这个目标，他一开始在剧组里来回串。道具、美工、舞美，甚至送盒饭，他都干过。他就是想在剧组里学习，看能不能有个机会。

等着等着机会来了，有个导演找到他，说有个重要角色跟你气质挺像，你来试试吧。就这样，张国立进了剧组，哪个剧组呢？《宰相刘罗锅》。邓婕演刘罗锅的媳妇，张国立演乾隆皇帝。

结果这一演，大伙儿都说演得好。张国立第一次演戏，怎么能演得这么好呢？和他说相声有关。说相声得了解民间的事，所以张国立的演戏风格很接地气。无论是一开始《宰相刘罗锅》里的乾隆，还是后来《康熙微服私访》里的康熙，张国立演起来都特别自然，平易近人。

演戏还让张国立的强项得到了发挥。说相声讲倒口，经常得说方言，张国立学说相声时练的功夫在影视剧里全发挥出来了。《1942》里他说河南方言，《手机》里他说四川方言，相声行里学的东西在影视表演里发挥得淋漓尽致。

而且演戏也没耽误张国立实现自己的梦想，后来他到底当了导演。现在很多影视剧都是张国立参与制作、参与导演的。

张国立从一开始当主持，到说相声，再到后来当演员，进而又当了导演，在不断尝试和改变中找到了适合自己的职业。

曾志伟：回头是岸，当完导演当演员

张国立是演而优则导，而影视圈的另一些人呢，则是导演转当演员。谁呢？香港影帝级的演员曾志伟。

其实很多人不知道，曾志伟以前是一名足球运动员。曾志伟的爸爸曾是足球教练，曾志伟小的时候话还说不全，就跟着爸爸踢足球。所以后来他成了一位专业的足球运动员。

香港足球明星队曾来北京踢比赛，我在现场看过好几次。曾志伟和谭咏麟在香港足球队里边技术特别突出，尤其是曾志伟，过人非常漂亮。

曾志伟曾经入选过香港青少年足球队，参加过亚洲级别的比赛。

那时候曾志伟有个朋友也是个足球迷，名字叫洪金宝。

洪金宝、成龙是香港七小福班子的，洪金宝是大师哥。那会儿洪金宝还没有成为大腕儿，在影视圈干的是武师，当替身，或者做一些武打动作的设计，也叫龙虎武师。

他和曾志伟交往甚密。他看曾志伟踢球，自己也很羡慕，但是他太胖。而且运动员职业生涯很短暂，一旦过了最鼎盛的时期，身体素质跟不上了，就得退役。所以他羡慕曾志伟的同时，也为曾志伟担心。两人就开玩笑说，要是哪天曾志伟不踢足球了，就去找洪金宝当武师。

后来曾志伟不踢足球了，真去当了武师。一开始他也是当替身。

有一回他当替身，威亚吊起来，飞到半空十几米的地方突然停电了，他就被吊在半空，上不去也下不来。高空中风很大，他从十几米高处往下一看，都快吓破胆了。

之后，他就想，我胆小，不能再常干这种事了。可是不干这个干什么呢？想来想去，不如当导演吧。

曾志伟很聪明，连写剧本带导演，最后真当上了有名气的导演。很多片子经过他的手后，焕然一新。很多投资老板都信任他。

当了一段时间导演，曾志伟不愿意干了，因为当导演太得罪人了。有人可能会觉得奇怪，一般拍戏，都是演员听导演的，导演说怎么演就怎么演。怎么会存在导演得罪人这一说？

曾志伟为什么会有这种感觉呢？有一回拍哭戏，一个女演员怎么哭都哭不出来，拍了一遍又一遍，还是不行，曾志伟就急了，用了一招激将法，把女演员训斥了几句。女演员就觉得很委屈，心里一酸就哭出来了。戏拍完之后，女演员还在委屈地哭呢。曾志伟心里也难受，这么下去，会把人都得罪了，我看我还是别当导演了，转做演员吧。

就这样，曾志伟彻底转行当演员，不当导演了。结果一当演员，他的天赋就发挥了出来。无论是扮演嬉皮笑脸的小混混，还是心狠手辣的黑社会大哥，他都游刃有余。

《无间道》里的黑社会头目韩琛，《甜蜜蜜》里的豹哥，还有一些绝对的小配角，搞笑的，悲情的，没有他演不好的。后来饰演《双城故事》里的男主角志伟，获得了香港电影金像奖最佳男主角，一下子成了香港影帝级别的大腕儿。

曾志伟的转型是非常成功的。从足球运动员到武师，再到编剧、导演，最后发现不适合自己，转而当了演员，找到了自己的一片天地。

所以说，大家不要以为自己进入了哪个圈子，就永远不会改变。有的时候，改变也是机会。在一个行业内，干着干着觉得不适合，就可以考虑转行。

当然，转行不能盲目转。如果你真觉得不适合自己，就要果断放手。很多人没这魄力迈出这一步，我倒觉得，人生是多元化的，是有各种可能的，有梦想的时候得敢于抛弃一些事，不要认为眼前的事凑合着干也可以。

人的吃苦能力和创新能力需要不断地提高和更新。刚才说的这几个人，曾志伟、张国立、范伟，他们的经历都实实在在地告诉我们，人应该在梦想存在的时候，多尝试变化，敢于转行、跳槽、跨界。也许，改变之后，你的人生因此就找准了一个更加绚丽多彩的定位。

红楼梦中人

《红楼梦》中的婚姻保卫战

《红楼梦》中的丫鬟升职记

《红楼梦》中的婚姻保卫战

借情敌赶情敌，彪悍凤姐是否留住了丈夫的心？
给老公当红娘，邢夫人为何如此大度？
现代婚姻保卫战到底保卫什么？

在婚姻生活中，很多现代人觉得不确定的因素越来越多。有的人觉得，谁离了谁都能过，所以会出现一见钟情就结婚、不满意就离婚的现象。有人批评这种现象，说离婚率太高。所以对婚姻的保卫是个现代普遍性问题。在书店里，关于保卫婚姻、夫妻相处之道的书也遍地都是。

其实，婚姻也是需要经营的。不仅仅是现代，在中国古代，父母之命、媒妁之言的婚姻，也同样需要保护，需要经营。

可是在古代，男人是社会的主力，女人是被动的，大门不出，二门不迈。封建社会还存在一夫多妻制，所以封建时代的婚姻保卫战往往是由女人来完成的，因为她们是弱势的一方。

封建时代的婚姻保卫战，对我们有哪些有益启示呢？中国古代讲到婚姻爱情最多的文学作品，是四大名著之一的《红楼梦》。

《红楼梦》里有非常多的婚姻保卫题材。

机关算尽也难挽婚姻

先说一个典型人物——王熙凤。

在一夫多妻制的封建大家庭里，她的小家庭居然做到了一夫一妻制，她的老公贾琏与她始终保持一夫一妻的关系。王熙凤经营婚姻很厉害，在贾府不仅翻云覆雨，还能把老公管得服服帖帖。她是怎么管的呢？

熟读《红楼梦》的人都知道，贾琏是吃着碗里的看着锅里的，这边的王熙凤还算是个美人吧，他还在外头养了一房。谁呢？尤二姐。置外宅，把尤二姐放在那儿。这还不算，贾赦还给他奖励了个丫鬟当妾，丫鬟叫秋桐。贾琏是既有正房夫人王熙凤，还在外头养了一房，家里还有个妾。

王熙凤看在眼里，恨在心上。为啥？这等于把家里弄得乱七八糟。王熙凤是个很有主意的女人，她想了一个办法，叫假心假意，以退为进。她跟贾琏说，我知道你在外面有个尤二姐，别让她在外面住呀，她是你的女人，我肚量没那么窄，你把她带回家里，我们姐儿俩好好处。

王熙凤这番话说得假仁假义，贾琏就上当了。本来他就怕老婆，一看到王熙凤这般“通情达理”，就把尤二姐从外面弄到自己府里了。

接下来，王熙凤还有第二招。不还有个丫鬟秋桐吗？这女人脾气挺大，人也挺恶，智商很低，属于人家给点枪药，她就能被当枪使。王熙凤希望与秋桐一起对付外来的尤二姐。秋桐被王熙凤一拱火，天天对尤二姐开炮，指桑骂槐，最后直接上门骂街去。

尤二姐本来就是个老实人，比较懦弱，不像她妹妹尤三姐那般性情刚烈、敢作敢为。她被王熙凤暗里、秋桐明里地一通欺负，心里受不了，吞金自杀了。

尤二姐死后，贾琏很生气，要追究这件事。虽然王熙凤在背后主使，却没跟尤二姐撕破脸。秋桐天天去尤二姐那边骂街，所以成了罪魁祸首。贾琏让秋桐娘家来人把她给领了回去。

在这轮的婚姻保卫战中，王熙凤大获全胜。她为什么能赢？她抓住了女人嫉妒的心理，抓住了尤二姐懦弱的特点，更主要的是她知道贾琏骨子里怕她。为什么？不光王熙凤本人厉害，她的娘家也很有势力。

《红楼梦》原著里有个护官符，“贾不假，白玉为堂金作马……东海缺少白玉床，龙王请来金陵王”。“金陵王”就是金陵老王家，王熙凤的娘家。贾宝玉的母亲，即贾政的老婆王夫人，也是王家的。王熙凤是王夫人的内侄女。老王家的势力与贾府同样大，所以贾琏不敢得罪这娘家势力很大的老婆，这是关键因素。

这几条凑到一起，王熙凤的婚姻保卫战算打赢了。但是这种打法对不对呢？大错特错。因为一直这么下去，贾琏更加畏妻如虎，明知道事情是王熙凤在背后指使的，却不敢言。

王熙凤采用这样一种毒辣方式，让外房和家里的妾同时离开他，他能不生气吗？但是他敢怒不敢言，只能憋着。于是，他不想对王熙凤好，也根本不想对她好。他怕她，骨子里头是恨着的。

王熙凤的婚姻保卫战保卫了什么呢？不是感情。她仅保卫了一种形式，维护了一夫一妻这种婚姻形式。后来，贾府败落，娘家败落，王熙凤下场很惨，“机关算尽，反误了卿卿性命”。

王熙凤最后如何？跟什么有关？跟丈夫恨她有直接关系。《红楼梦》判词说王熙凤“凡鸟偏从末世来，都知爱慕此生才。一从二令三人木，哭向金陵事更哀”。最后丈夫贾琏对她的这种态度，直接导致了她的悲剧。

王熙凤错在哪儿？她应该保卫夫妻两人的感情，而不是婚姻形式。如果你的丈夫对你已经完全没有感情了，那便是同床异梦。所以王熙凤的打法不是真正地保卫婚姻。

有的年轻人不熟悉《红楼梦》，那么，看过《甄嬛传》吧？里面的皇后，蔡少芬演的，她用什么方法保卫自己的婚姻？只要是跟我争宠的，就弄死你，今儿杀这个，明天杀那个，连自己的亲姐姐都杀，把很多跟她争宠的人都给杀了。可是她怎么样呢？皇上根本就看不上她，觉得这个女人坏透了，但还得依仗你的娘家，不能轻易废了你，那你就在冷宫里待着吧。

男人女人一块过日子，什么最重要？感情。得知冷热，互相关心，这才有婚姻的意义。否则，日子还有什么意思？历史上，有的皇后争权夺利，获得大权，但是皇上对她没有兴趣，这样的女人再有权势，一辈子也不幸福。所以，《红楼梦》里王熙凤的婚姻保卫战的失败之处，就在于她没有认清婚姻的本质。

婚姻里，感情是最主要的，而不是为了维持一种表面形式。现代社会，有的女人一听说老公在外边这事那事的，不分青红皂白就打滚撒泼，甚至逼老公下跪、写保证书。看起来是以急风暴雨的霹雳手段维持了一时的家庭稳定，但是后果却非常严重。一旦过分了，男人的心里就彻底没有你了。婚姻维持的还有意义吗？

女人一旦面临婚姻危机，最好的方式是先冷静地想一想，这段婚姻还值不值得维持？不值得维持，便不吵不闹，离了就算了。值得维持呢？不要采用毒辣、凶狠的手段，那样只会把男人撵得更远。要心平气和地好好谈谈，和平解决问题，如果俩人感情还在，就要维护和保持一个完整的家庭，不能采用王熙凤这种使阴招的手段，她的方法是绝对不可取的。

帮自己的男人选情人

此外，还有一种极端的例子，就是女人一个劲儿地对老公好，他想干啥都满足，即便外边找女人，她也支持，还会让男人把别的女人领回家纳为妾。

有这么傻的女人吗？有。这跟女人在婚姻中的自我定位有关系。

《红楼梦》里就有这么一个人给自己老公张罗情人的，那就是贾赦的夫人邢夫人。王夫人是明媒正娶的正房，是大太太。邢夫人是什么身份？姨太太吗？不是，邢夫人是“填房”。什么叫“填房”？过去的人家，娶了一房太太，如果病死了，再续进一位，续的这位就叫填房。

填房比妾的地位要高，因为她算夫人，但地位不如正夫人。王夫人生了贾琏。邢夫人没有子嗣，娘家也没势力，所以她的地位不高。

怎么办？讨好贾赦。贾赦做什么事，邢夫人都睁一只眼闭一只眼。贾赦好色无度。府上哪个丫鬟长得好看，他都会垂涎，而且还四下寻找。他发现兄弟贾政的荣国府里有漂亮女人。谁呢？就是贾母身边的贴身丫鬟鸳鸯。

于是，贾赦就想跟老太太说，你把这个丫鬟给我当妾吧？他觉得这么说挺难堪的，而且老太太对鸳鸯还挺好，他自己没脸去说。让谁去说呢？邢夫人。她去了，对贾母说，贾赦看上这个丫头了，让我领回去给他当妾吧。

这下，可真把贾母给气乐了。你可够贤惠的，但是你这贤惠有点过分了，你老公看上别的女人了，你不仅不反对，还要给他领回去当妾，天底下有你这么当老婆的吗？邢夫人呵呵笑，没办法。

贾母说，你去问鸳鸯愿不愿意，她愿意我就没意见。结果鸳鸯坚决反对。《红楼梦》中这一段叫“鸳鸯抗婚”。结果，贾赦还不依不饶。她为什么反对我都知道，自古“嫦娥爱少年”，只怕她是看上宝玉了吧，也可能是贾琏。他还在猜着呢，贾母却死了。鸳鸯知道自己逃不脱二老爷贾赦的毒手，索性自杀了。这是《红楼梦》里的一大悲剧。

邢夫人在老公看上别的女人时，还要把这个女人领回来，满足老公的欲望，看起来不可思议，其实是邢夫人另类的婚姻保卫战。她是填房，地位比较尴尬，自己又没有子嗣，娘家也没势力，她想稳固自己的地位和婚姻，只能无限制地讨好老公。

贾赦是好色之徒，而邢夫人却没有任何条件地助他促成这事，只能说明一点，她对婚姻有着深刻的危机感，就怕老公不要她，只能通过这种方式保卫自己的婚姻。

有人说，现代社会没有这样的傻女人。不见得。曾经北京有个案子，一位女白领月薪七八千，老公对她很不好，经常非打即骂，但是两个人还离不了婚。为什么？她不想离，觉得一离婚就完了，不好再找。她发现老公爱钱，那就赚钱回家给他就好了。她发工资的那天是她老公唯一有笑脸的日子。因为在单位负责财务，她就动了歪念头，开始挪用公款，一共挪用了四五百万，最后被判刑，她也后悔了。问她为什么干傻事，老公不好怎么不离呢？她回答，离了我不知道怎么找，他能对我好点儿我就认了。

你看，女人对这种婚姻也有危机感，用来保卫婚姻的方式是屈从。有一种女人，认为男人的爱是她唯一的救命稻草，一旦失去，她的世界就坍塌了，婚姻是她最重要的心理支撑。不要以为过去的婚姻保卫战里有极端的例子，今天它依然有存在的心理土壤和社会土壤。

无法保卫的婚姻

有朋友说，封建社会里的婚姻都是父母之命、媒妁之言，所以不幸福者居多。实事求是地说，父母看好的婚姻不见得就不幸福。为啥？父母是过来人，知道两口子过日子是咋回事，年轻人谈恋爱，经验很少，明明两个人完全不合拍，因为一见钟情了，就盲目地走进婚姻，上演闪婚。很多人结婚后，发现爹妈说得对，父母认可的婚姻不见得都不幸福。

前提是什么？父母要真为孩子着想。封建社会，很多父母不是为孩子着想，而是有功利目的的。婚姻是一种工具。《红楼梦》

里，贾府最后败落，欠了老孙家钱。咋办？把贾政的女儿——“元迎探惜”（元春、迎春、探春、惜春）中的迎春嫁给了老孙家，完全就是拿自己的女儿抵债。

结果，迎春的丈夫对她很不好，虐待她，最后迎春死了。判词里写着“子系中山狼，得志便猖狂。金闺花柳质，一载赴黄梁”。

这就是典型的父母没把女儿的幸福当回事。

还有，大女儿元春进宫给皇上当了妃子，回趟家，贾母得给孙女下跪。

元妃幸福吗？遭皇上冷落，宫里还明争暗斗，最后抑郁而死。《红楼梦》的判词说“二十年来辨是非，榴花开处照宫闱。三春争及初春景，虎子相逢大梦归”。

80后为什么离婚率高？除去个性、独生子女等因素，很重要一个原因，80后是被父母干涉婚姻最多的一代。首先，80后大多是独生子女，父母基本都是50后，退休后赋闲在家没事，把孩子当宝贝似的宠着，对婚姻能不重视吗？

80后的父母容易犯的第一个错误是什么？孩子中学时代谈恋爱，不行，是早恋。大学呢，谈恋爱也不好吧，得认真学习。把男孩、女孩都管得过于严实了，不希望他们跟异性交往。

孩子大学一毕业，大逆转，有些父母着急了，开始逼婚，拼命给孩子介绍对象，希望孩子一毕业就恋爱结婚。女孩的父母还希望男孩家里得有房有车，还要对自己孩子好。哪有这好事？

谈恋爱也得一个过程。你自己还不怎么成熟呢，怎么能把孩子的事情处理得那么周全？这种观念之下，很多女孩走进婚姻后，根本没有婚姻方面的健全知识，如何与异性和谐相处，就是一个问题了。婚后，父母干涉更多，家里头的大事小情，他们都指手画脚，更不用说女婿和丈人、婆婆和儿媳之间的关系是否和谐了。有了下一代之后，干涉更严重，对于带孩子，双方都会产生很大的分歧。所以说80后是被父母干涉婚姻最多的群体。

为人父母者，如果你的孩子是80后，你自己反思反思，哪些关心是真正对孩子有用的，哪些是没用的，哪些是起反作用的。

现在讲保卫婚姻有几个原则：

首先，必须从感情出发，婚姻维持的是两个人知冷知热的关心、依赖状态，而不是维持同一房子下的貌合神离的家庭，不是户口本上的登记内容。

其次，在婚姻中，一方不能一味地顺从另一方。如果这个人值得你跟他过，那就过。不值得过，应该马上放手离开。

最后，婚姻是两个人的事，父母不会跟你们过一辈子，父母的感受代替不了你们的感受。对父母的各种干涉，要有理性的辨别和抗拒。做父母的也要深思反省，自己对孩子的婚姻生活横加干涉，到底是为他们好，还是给他们造成负担。这一点，我建议各位父母还是好好思考一下。

《红楼梦》中的丫鬟升职记

心比天高，命比纸薄，当丫鬟的就永无出头之日？
投机取巧，借机上位，真的是通往高峰的捷径？
直率天真，脾气火爆，为何能在主人面前吃香？
职场之上，暗流涌动，如何才能走向人生巅峰？

现在女孩着职业套装的越来越多，挺精神的，梳短发，穿高跟鞋，走路风风火火。有人说，现代女性就该这样，这叫职场白领。很多女孩挺羡慕这样的白领，羡慕人家事业有成。男女平等，追求自己的事业，这是现代社会文明的产物。

是不是呢？不完全对。因为在中国的封建社会，类似这样的职场女性也有。有人说，不会吧，那会儿女人大门不出，二门不迈，就在家待着。不是那样，因为在中国封建社会，有些女孩还是想通过个人奋斗改变命运的。

举个例子，《红楼梦》里有好多这样的丫鬟，原来是下层，可是干着干着，在丫鬟里当了头儿了，甚至能左右一房的事务，或是跟了贾母、王夫人这样的主子，可以在贾府里呼风唤雨，甚至咸鱼翻身，嫁给了某个主子，改变了命运。她们凭借着自己的智商和情商，能够在人际关系中游刃有余，最后能够脱颖而出，这对现在在职场里奋斗的年轻人是有一定的指导意义的，值得他们好好吸取经验。

《红楼梦》里的每个丫鬟，都有自己不同的处世哲学。《红楼梦》里上千个人物中，有几百个丫鬟仆人。要说《红楼梦》里人物特色最为鲜明的群体是哪个群体，恰恰是丫鬟。翻开《红楼梦》，涉及丫鬟的判词有很多，鸳鸯、袭人、晴雯等丫鬟在《红楼梦》里占据非常重要的篇章。这就好比一部战争戏，光有将军，没有团长、连长、营长、排长、士兵，构不成一部戏。所以丫鬟的地位非常重要。这些丫鬟都是从底层起来的，都是奴才，但结局却大不一样。除了是封建社会的一个大趋势命运以外，更重要的一点是，她们怎么去处理人际关系，这个影响很大。

升职技巧一：一颗忠心向领导

丫鬟里，第一类人就是不要心眼儿，跟着哪个领导，就死心塌地地效忠他，不改变自己的初衷。典型人物是谁呢？鸳鸯和袭人。鸳鸯是跟着谁呢？贾母。在《红楼梦》里，贾府上这贾母就是老祖宗，不管有多大能耐，谁都得听她的，而且这老太太不好糊弄，是个老人精，人情世故她很懂。

照理说这么一个人要想信任一个人很难，为啥呢？贾府这些人也都琢磨着从老太太这儿得到点什么。老太太有钱，金银细软不计其数，好多人都琢磨着跟老太太套近乎，包括王熙凤在内。贾母心里头也都清楚，所以不轻易信任人，唯一信任的是她的贴身丫鬟鸳鸯。鸳鸯凭借着老太太对她的信任，在贾府的地位非常高。

但是鸳鸯有一点好处，从来不狐假虎威，也不仗势欺人，而且一心伺候好老太太，老太太说什么都是圣旨，对老太太忠心耿耿，决不藏私。贾宝玉有一个早夭的哥哥叫贾珠。贾珠死了之后，留下个寡妇，就是贾珠的老婆李纨。李纨说了句公道话，说鸳鸯这丫鬟好，很多人都憋着琢磨老祖宗这个老祖宗那个，这丫鬟给把着。

鸳鸯有什么特点呢？老祖宗自己都记不清自己的钱和金银首饰，丫鬟记得清清楚楚。她能给老祖宗当好管家。鸳鸯忠心到什么程度呢？不少丫鬟琢磨，哪天哪位老爷把我收房了多好，咱不敢奢望当大夫人，做个细贴或者是姨太太、姨娘就不错了。但鸳鸯却不这么认为。

宁国府大老爷贾赦，贾宝玉的叔伯辈的大爷，看上了鸳鸯，想把鸳鸯收进房里。贾母不大愿意。为什么？鸳鸯伺候自己那么长时间，使得很顺手，不想轻易让她走。但是儿子求母亲要再续一房，老太太也不能把话封死了，还得看鸳鸯。

鸳鸯死活不干，她也知道大老爷看上她了，但她不想去，于是挑个时机跪到贾母身前就哭了。老太太，我生是你的人，死是你的鬼，我不想跟别人，别说大老爷，就算当今皇上找我也不去，哪天您要归了西，我立马寻死去。贾母一听眼泪都下来了。这孩子对我忠心耿耿，怎么舍得轻易放走，既然你坚决果断不去，那我也不会逼你走。就这样贾母就把她留下了。后来贾母过世之后，鸳鸯自杀了，真是说到做到。

贾宝玉的贴身丫头袭人也是这样的人。袭人其实不是很讨宝玉喜欢，因为一开始袭人伺候的是王夫人。王夫人很担心自己的宝贝疙瘩贾宝玉整天掉在脂粉堆里，不想考取功名。当然，王夫人想的不是没有道理。道理就跟我们现在离婚的人一样，有的是母亲独自抚养孩子，母亲往往相对溺爱一点，不肯让男孩经历风险。如果男孩从小到大接触的都是女的，便对他的性格成长很不利，所以心理学家曾经建议，如果是单身母亲带着男孩，最好让孩子跟舅舅一块玩，或者上学的时候让他多接触男老师，道理是一样的。所以王夫人想了个什么办法呢？我派个人看着你。派谁呢？袭人。

袭人是她的贴身丫头，性格很温顺，什么事都听主子的，让干什么就干什么，所以她把袭人派到宝玉身边看着他，一旦他有什么动作，赶紧报告给王夫人。当然也表示，别的女人不能靠近，袭人就算是宝玉的女人了。

《红楼梦》第六回——刘姥姥一进大观园，贾宝玉初试云雨情。贾宝玉作为一个男人，第一次两性关系行为就是和袭人发生的。王夫人很放心，我就让你伺候他了。但是袭人可不是百分之百听宝玉的，她最大的主子是王夫人，她虽伺候宝玉尽心尽力，但是宝玉有什么动静，她都打小报告告诉王夫人。包括宝玉和黛玉的私情，黛玉看《西厢记》，袭人都向王夫人汇报。

后来，宝玉发现袭人的告密行为，觉得很讨厌，于是把袭人踢出贾府，让她嫁给了一个叫蒋玉涵的庸人。所以《红楼梦》判词说袭人“枉自温柔和顺，空云似桂如兰。堪羡优伶有福，谁知公子无缘”。袭人的结局算不错的了。她也是像前边说的鸳鸯一样，绝对听主子的。主子说什么是什么，自己没有主见，反正主子要好了我也跟着好，主子要完蛋我也跟着完蛋。

在职场里，这样的职员不少。有人说，太没出息了，一点个性没有。其实，这是赌博式的，这种人常常是没有主见的人。鲁迅先生有句话，说中国人就两类人，一类是暂时做稳了奴隶的人，一类是想当奴隶而不得的人。有人就奇怪，中国人怎么愿意当奴隶呢？而且当奴隶有什么好的？他不知道这里有乐趣。为什么呢？奴隶有个最大好处——不需要自己决策。什么事都听主子的，你说什么就是什么，我不用操心，省却了决策的负担。其实有一些中老年朋友更能理解我这个话，有时候自己负点责任是非常遭罪的事，反而别人怎么说你怎么干倒好办。所以在职场里，这种跟着领导走的人有他的好处。领导和上司什么样你可能就什么样，属于命运不掌握在自己手里的人。

升职技巧二：抓住机遇，有所作为

第二类人呢，是把命运抓在自己手里的人。《红楼梦》丫鬟里有几个典型，小红就是其一。

小红家里也有点地位，她父母是王熙凤手下的得力助手。可是她父母比较死性，不会来事，也没有给小红推荐好的位置。但是小红不甘心当一辈子丫头，琢磨着如何咸鱼翻身，她希望有个主子能娶了她。就跟现在有的女孩做梦都想嫁个金龟婿、钻石王老五一样。有的女孩人虽然长得丑，但想得美。小红不是，人长得不错，秀丽干净。而且，她不胡思乱想，如果她想嫁给宝玉，一定没戏，王夫人那么看着护着，万众瞩目，她知道自己够不着宝玉，所以不痴心妄想。

她一琢磨，发现谁了呢？贾芸。贾芸是贾府的堂亲，是贾宝玉的侄子，岁数跟贾宝玉差不多，换句话说，都是一个家族的人，但是他家没有贾政势力那么大。这贾芸，虽然穷点，可人是正根，算个贵族，而且长得挺俊朗。小红第一次看见贾芸就一见钟情，喜欢上了。贾芸后来在王熙凤那里谋了个差事，管贾府里的花花草草。

小红就想，我怎么能跟他碰上呢，得有机会见面。有句话叫“男追女隔层山，女追男隔层单”，过去的女人大门不出二门不迈，讲究坐不漏膝，行不摇头，站不倚门，笑不露齿，规矩很多。女人也不是随便想见哪个男人就能见得着的，得下功夫琢磨。

贾宝玉对贾芸不错，经常找贾芸说个话聊点事。有一天，小红见到了另外一个仆人李嬷嬷。这李嬷嬷就叨咕：这二爷怎么看上这个种树的了？一直让我传话，若让王夫人知道贾宝玉不务正业怎么整？

这句话点醒了小红，原来贾芸经常来宝玉这儿。她就想了个办法。我就在去宝玉屋子的必经之路上，守株待兔等着你。以什么理由跟贾芸套近乎呢？她突然想起来，前一阵她有个手绢丢了，有丫鬟告诉她是贾芸捡走了。

一天，她就站在去宝玉屋子的必经之路上，小丫头领着贾芸过来了，小红就故意跟丫头说话。贾芸就看着小红，心想这丫头长得还挺漂亮。这时候小红冲他看了一眼，一乐，转身走了。当年唐伯虎点秋香有“三笑”之说。其实，不见得秋香多漂亮，关键是她笑一下就转身走了，还没等你看清楚，就感觉魂在她那儿了。

贾芸一看，怎么走了呢？确实是他捡着了手绢，改天给她送去。这一送，小红就明白了，他有意思。如果对她没意思，他不会有这心思。就这么一来二去，两人打得火热，最后小红终于嫁给了贾芸，翻身成了主子。

耍心眼儿，咱现代社会不提倡，可是为了达到你的目标，得抓住机遇有所作为，主动找机会，看着馅饼可能往哪儿掉，就跑那儿等着去，这是属于主动的、有所作为的方式。

《红楼梦》里还有个和小红命运差不多的丫鬟，也嫁给了主子，而且当了大老婆。谁呢？平儿。很多朋友都熟悉，说《红楼梦》里一提王熙凤、贾琏就有她。她本来是王熙凤的陪嫁丫头，一直是伺候王熙凤的。后来王熙凤说，你给琏二爷当添房吧，但是地位不变。贾琏和王熙凤是两口子，不论谁有点生气的事都往平儿身上撒，连打带骂的。这平儿实心眼儿，逆来顺受。甭管你们两口子怎么对我，我坚持我原来的做人方式，对人厚道，谁也不害，老老实实、本本分分地过日子。

凤姐死后，贾府有人想把凤姐的女儿巧姐嫁给外藩王爷。平儿一看，这不行，虽然说王熙凤对我不怎么好，非打即骂的，但是这么多年在人家待着，我得尽本分之事。所以偷偷地把巧姐带了出去，找到刘姥姥，巧姐算躲过一劫。这一难过去之后，贾琏一打听这事，认为平儿是个好人，这人能踏实过日子，便把她接过来扶正了。

职场人也有这类人。单位里可能有错综复杂的人际关系，这个跟领导好，那个跟那个好，我不管，我就按我的主意，我原来怎么干我还怎么干。我对谁实心眼儿，我就一实到底。你对我好我也这样，你对我不好我也这样。

职场里就有这么一类人，一条道跑到“黑”，但往往最后的结局并不差。为什么呢？因为大家都能看明白，这个人虽然直性子，可是人不坏，而且知道他啥事能干，啥事不能干，有所不为，有所必为，对他的信任感便会提升。只要你是实心眼儿地往前趟，运气一定不会太差。真有些厄运，也能挺得过去。咱们经常说，爱笑的女孩运气都不会差，就是这个道理。所以平儿身上就体现了这类职场人的思维。

升职技巧三：脾气大也要会撒娇

有的人率性天真、任性。有人说，任性的人在职场上恐怕没好结果吧。不完全是。

举个《红楼梦》丫鬟里特任性的例子——晴雯。这丫鬟本来命运就很悲惨。她本是奴才的奴才，买她的奴才把她带过来给贾母看，贾母一看这小丫头漂亮，还挺机灵，要过来吧。结果那奴才就把她送给贾母了。贾母说，这丫鬟挺机灵挺漂亮，给我大孙子吧。就给了宝玉了。

宝玉和晴雯很投脾气。宝玉喜欢黛玉，但是王夫人等人都喜欢宝钗，薛宝钗主张贾宝玉应该走仕途，考取功名利禄。林黛玉呢，就不喜欢这个，所以宝玉喜欢黛玉，但是最后却和宝钗结合了。他的两个丫鬟袭人、晴雯，分别象征着宝钗和黛玉。袭人象征着宝钗，晴雯象征着黛玉。单讲投脾气，宝玉跟晴雯还是投脾气的。

晴雯跟一般的奴才不一样，她敢跟贾宝玉顶嘴。为什么呢？一是在贾府所有的丫鬟里，晴雯长得最漂亮，花魁；二是晴雯手艺好，做得一手好针线活儿，给宝玉绣这个绣那个，所以有点恃才傲物。

这就像公司里头业务能力特强的人，总是会傲气一点。你会发现，任何一个单位里，那些死心塌地听领导话的，往往能耐不是很高，敢起点刺儿的都是有点能耐的人。归纳起来就是，人才管用不好用，奴才好用不管用。要想找几个听你话的人，就别指望这些人有能耐；要想找几个能耐大的人帮你，你就别指望他绝对听话。这就是辩证法。

晴雯的能耐不小，可是不怎么听话。有一回伺候宝玉，把宝玉身边挂着的一个折扇给弄折了，平常宝玉可能打个哈哈就过去了，但这天正赶上宝二爷心情不好，张嘴就说上了。你怎么毛手毛脚的？当丫鬟能这么当吗？要将来嫁人，你在人家里操持家务也这么干吗？这几句话说重了，晴雯当时就急了，说二爷我伺候你这么些年了，怎么着，平常打碎盆碗你都没怎么样，一把扇子你至于这样吗？你要是不想让我待，你就撵我走。贾宝玉也在火头上，话赶话地说，那你就走，不留你了。

这时候你不要以为晴雯真就实心眼儿。一看宝玉动真格的了，她马上由多云转阴，开始下雨——哭上了。二爷，我伺候你这么长时间了，你现在说撵我走就撵我走，你撵我走我还不走了呢，我没地方去，你要真撵我走我就撞死在你面前。哭得犁花一枝春带雨的。

宝玉当时心就软了。为啥呢？他是主子，晴雯是仆人。他是强势群体，是领导对下级，却把下级整哭了。平常她挺上心伺候我的，我还说这重话，我还是个老爷们儿吗？宝玉有点后悔了，觉得对不住晴雯了，赶紧哄她。别别别，你好好的，我不是这意思，再说扇子就是个玩物，你弄折就弄折了。晴雯说，我有个毛病，我就愿意撕扇子。贾宝玉把一堆扇子给她，说随便撕。晴雯就撕上了。《红楼梦》里有名的一出就是“晴雯撕扇”。

这个事说明什么问题呢？有才的人可以恃才傲物，可以任性，但是不能没边儿没样儿，当任性到一定程度，撞到墙之后，就得学会怎么示弱，怎么装可怜。

有的男同志说，男的示弱多丢人啊。不是那么回事。在单位里，你在领导面前也得学会示弱。你看，领导，这事是我没干好，可是我有我的情况，我爸爸这两天身体不好，我妈妈伺候我爸爸也病了，我媳妇整天忙活孩子，孩子没考上好学校，我收入也不高。

领导一想，也是啊，不容易，顶门立户的。他可能就原谅你的一些过错。所以不要以为男的就不能示弱，示弱有时候会给自己留下非常广阔的天地。晴雯任性归任性，但是到一定程度她会哭，会示弱，宝玉马上心就软了。

当然，你的这种任性得有个边儿。在职场中，你怎样把自己任性的一面展示出来，得有一定的度。

结合一部电视剧《杜拉拉升职记》来谈。杜拉拉刚到公司，领导说公司要装修，你来协调一下。她让大家搬家，总监王伟就不搬。最后杜拉拉没招了，到他那屋给他收拾东西。王伟说谁让你进来的，把她骂了一顿。杜拉拉当时就哭了，说这两天我爸有病，单位里都拿我当小丫头欺负。这一哭，王伟心软了，后来两人就越走越近。

这就是个典型例子。逞强任性的时候，适当地示弱撒娇，马上就给自己争了一片天。这就是先任性后撒娇的好处。杜拉拉这个方法用得很好。当然，这还不是最高明的。后来杜拉拉演变成了职场精英，进退有度，什么事都做得不着痕迹，达到了一定高度。《红楼梦》的丫鬟里也有这样的高手。

升职技巧四：深藏不露，高调做事

袭人嫁给了蒋雨涵，宝玉身边的丫鬟最后就留下麝月一个人。麝月这丫鬟厉害到什么程度呢？有一件很简单的事，就可以看出她处理得有多妙。

一天，府上的仆人丫鬟都出去玩了。贾宝玉进屋一看，这么大屋子里头，就麝月一人坐那儿看家呢。贾宝玉就问，怎么回事，大伙都玩去你怎么不去呢？

其实你琢磨琢磨，这就好比在公司里，大家都去玩了，就你一人在那儿值班呢，正好老板回来了。一般员工会说，老板我怕没人看着，我不去玩了。不得表功吗？

贾宝玉一问，麝月很冷静地来了句“我没钱”。宝玉说，刚发了利钱，每月的工钱就在床底下那儿放着呢，再说我这儿也有钱，你平常也使过我的钱，这钱不够你玩吗？

为什么不去玩？肯定不是没钱。麝月这时候才缓慢地说，府上的老老小小都累了几天了，也该出去玩玩了，可大伙都出去玩，谁看着屋啊？那就我看呗。贾宝玉一听，这丫鬟谁不喜欢，还不居功。其实她都知道，一说没钱，宝玉准往下问，这时候再说，就显得进退有度。所以我说麝月这个工夫，才是职场中真正厉害的高手，进进退退，把握尺度非常准。

结合麝月的“升职”道路，给大家说说职场中打拼的事，但并不是学习《红楼梦》里一些勾心斗角的阴暗面。顺情说好话，耿直讨人嫌，其实呢，也是人际关系很重要的一面。

在职场上，有时候不能像个大炮筒子似的，即使对对方好，要想让他接受你的看法，也不能把自己变成一门大炮，也得润物细无声地帮人家，所以这也是给人面子给人台阶下，这是人际关系交往当中的一个基本原则。

和谐社会里，人首先得在情绪上和谐。人和人沟通，三分是内容，七分是情绪，这顺情能顺得下来的话，沟通才能有效率，才能提高你在职场上的工作能力和工作效率。所以说，咱们学习《红楼梦》里丫鬟的为人之道，其实是让我们在职场当中更加和谐，能够让环境更有利地烘托工作业绩，这些不是权谋之术，而是为人处事中我们应该学习的一些精妙之道。

三国演绎事

《三国演义》里众英雄的来龙去脉

《三国演义》里的极品冤家

《三国演义》中的『龙凤之争』

《三国演义》里的模范夫妻

《三国演义》中的冤家夫妻

《三国演义》中的金牌『间谍』

《三国演义》里众英雄的来龙去脉

战神关云长马快刀狠，善待卒伍，
这一切竟源于自卑心理。
神奇军师徐庶，白天是翩翩书生，
晚上变身大侠，仗剑惩奸除恶。
刘皇叔攀上三百年前的皇亲，
可疑的贵族身份靠什么让人相信？
鼎鼎大名的英雄们，都有着不愿公开的经历。

读历史故事和传奇小说的时候，你会发现这么一个规律：小说里，作者总会有意无意地给你留点悬念，对有些人物、事情的走向，好像说出了点东西，又好像什么都没说。

读古典名著的时候，里头就有很多疑团，很多说不清道不明的事，书里提了一点，但是没说明白。拿《三国演义》来说，就有“三不明”。

哪“三不明”呢？第一，关羽来路不明；第二，徐庶去向不明；第三，刘备身份不明。《三国演义》里都没写，《三国志》里更是一点没提。所以人们有时候一说英雄好汉，就说“英雄不问出处”。其实多数人一提起英雄，都想知道他从哪儿来，到哪儿去了。

那咱们就把这些谜团扒开看看，是不是能按图索骥地找到那么一点根据。

来路不明的关羽

第一不明，是关云长来路不明。

有人说，不能算来路不明吧？《三国演义》里有写，刘备、关羽、张飞在涿州一带，张飞卖肉，刘备卖草鞋，关羽也做点小买卖。三个人一见面，关羽就说，某家姓关名羽，字云长，乃山西蒲州解良人。山西蒲州人怎么到河北幽州地界了？原来是他身负命案。按现在的说法，关羽是通缉犯。为什么后人怀疑关羽并非姓关？你想想，通缉犯逃避的时候，一般都得隐姓埋名。所以说，关羽原来姓啥，不太好说。

关羽做事有两大特点：一是打仗的时候，马快刀狠，也不搭话，上来就一刀；二是关羽平常的生活状态。什么状态呢？“善待卒伍而骄于士大夫”，就是他对下人特别好，善待卒伍等下人，反而是在名门望族面前很骄傲，瞧不起人。这些特点具体该怎么解释呢？

咱们先说这马快刀狠。过去打仗，两军阵前，两个大将出来了，其中一个先说话，一横刀，来人报上姓名。“某家刀下不死无名之鬼”，总有这句话。因为我是有名的大将，我这刀底下不死无名之鬼，跟我打仗，你得有资格。可是关羽就难了。怎么报呢？他能报吗？直接说“某家乃山西杀人犯关云长”吗？不像话。他不能这么报。可是他的身份呢？本身出身很低微，不是名门望族，往出一报名，人家可能还笑话他。举个例子吧，《三国演义》一开始，十八路诸侯讨董卓，有一折，关云长温酒斩华雄。华雄是董卓下边一个都督，有万夫不当之勇，一上来把十八路诸侯的好多大将都给杀了。派谁去呢？难了。袁绍在那儿直叹气：我手底下有颜良、文丑两员大将，可惜都被我派出去了。

这时候的关羽什么身份呢？刘备是个小县令，关羽是他手底下的马弓手，张飞是他的步弓手，很低级别的武官。所以关羽上来说，某家愿斩华雄于马下，没人瞧得起他。曹操慧眼识人，说这个人是个英雄，大伙儿都不同意你去，我支持你。倒上一碗酒，来，壮士满饮此酒。关羽一看，杀个人还用费这么大劲儿？我回来再喝，斩了华雄回来，那酒还热乎着呐。就说他杀人得多快？他怎么斩的呢？关羽打马扬鞭上阵了。华雄一看来了个人，便报某乃董卓帐下都督华雄，请来人通名。关羽只能不吱声，打着马往前走。华雄一看，这人怎么不报号？哪儿有这么干的？等一会儿吧。这工夫，华雄还等着关羽报号呢，哪儿想到关羽走到跟前，青云偃月刀一横，把他给宰了。华雄压根儿还没来得及防备呢，就倒了霉了。

关于关羽马快刀狠，咱们再看一事，“保皇嫂千里寻兄”。关云长在徐州之战中跟刘备失散了，为了保两个皇嫂，没办法，投降了曹操。屯土山关公约三事，说我要是知道我哥哥在哪儿，就得带皇嫂投奔去。曹操同意了。后来他想，曹操对我这么好，对两位皇嫂好吃好喝地伺候，对我上马赠金下马赠银，我得报答他。

曹操跟袁绍打仗时，对面有个狠角色，是河北颜良，很是厉害，杀了曹操手下几员战将。关云长来阵前效力，见此情景，提刀上马，说我宰他去。

颜良也报号啊，某家乃河北名将颜良。他为啥报号呢？河北名将颜良，门第很厉害，战国时候人家祖上就是武将，很威风。

让关羽报号，关羽怎么报啊？说什么呀？某乃山西杀人犯关云长，前两天刚投降曹操？都不大光彩。

所以关公还是闷声不说话，跨马提刀走到跟前。颜良还等他报号呢，他却一刀把颜良给杀了。颜良、文丑两位，能力再差也不可能挡不住关云长一招，否则还能叫名将吗？他要在现场看过关公怎么杀华雄，后来不至于这么死。哪想到关公不按套路出牌，不报名号就杀人。这就是关云长的第一个特点：马快刀狠。

关羽的第二个特点是善待士卒而鄙视士大夫。我不是名门望族，偏偏瞧不起你们名门望族，用这种自傲来掩饰骨子里的自卑。现在很多草根出身的人，刚崭露头角的时候，往往也是这心态。所以关羽在士大夫面前很骄横，瞧不起这个，瞧不起那个，尤其名门望族。

关公镇守荆州的时候，孙权也想跟关羽套近乎，就给他写了一封信，托诸葛亮的哥哥诸葛瑾下书，说我儿子到了大婚年龄了，听说将军有个女儿，我想跟你结亲。可是关羽不同意。儿女亲事你不同意也就罢了，回了句什么呢？“虎女焉能配犬子。”意思是说他女儿是虎女，你儿子是犬子。孙权听了，差点儿气死。

那对待手下又如何呢？关云长自己出身低微，所以对于出身低微或来路不明的手下人，他都会格外照顾。而张飞跟他正好相反。关公善待卒伍而骄于士大夫，张飞则敬爱君子而不体恤下卒。张飞对有能耐的人会高看一眼，但是对普通人，眼皮都不抬。关羽、张飞都是有大毛病、致命缺点的人。善待卒伍体现在什么方面?关公身边有两位大将，关平、周仓。关平是他养子。周仓是他的副将，跟了他一辈子。麦城一战，关公被孙权所杀，周仓听后抹脖子自刎，追随关公而去。

周仓原来是跟着黄巾军起义。张角带兵失败后，黄巾军四下奔逃，周仓躲到个小山头上，当了土匪，正好关云长过五关斩六将，从这儿经过。周仓说，我久闻关公大名，义薄云天，我跟你得了。关公二话没说收了他，并且对他很好。按常理说，你一个土匪山贼，我也不知道你从哪儿来的，就收为心腹，你若害我怎么办呢?可关公天生就是这样，和他同一个阶层的，底层来的，有点能耐的，他就对这人很好，把他当作自己的亲信。后来周仓自刎，即为报答。所以关公的出身和性格，造就了他后来的行事特点，从而直接铸成了他的命运。好在这上头，死也死在这上头。

去向不明的“蝙蝠侠”徐庶

第二不明，便是徐庶下落不明。这徐庶是从哪儿来的呢?其实也不太清楚，只是说，刘备来到新野广招谋士时，就来了这么一位先生。他开始没露真名，因为也是一个来路不明的人，跟关公一样，原来也好武。

有人说，好像谋士体质都不太好，诸葛亮五丈原禳星，摆七星灯时都要吐血了；有点谋略的武将体格也不好，你看周瑜，大旗迎风招展，一想这风是西北风啊，要火烧战船得烧到我呀，一来气一口血吐到那儿了。这么一说，好像有点谋略的人，体格都不太好，而没心没肺的武将，体格倒是好得很。

事实是这样吗？不是。李白十五仗剑游，意思是他十五岁时便拿把宝剑游览天下，而且剑术很高，在高手榜里还排过第二名，也算是文武双全的人才。

正巧，徐庶也是这样的人。小时候也是手拿一把剑，行侠仗义，看哪个贪官污吏不顺眼，半夜三更就把他宰了。换句话说，他是东汉末年的“蝙蝠侠”。但是常在河边走哪有不湿鞋的呢？徐庶在一次行动中被官府给逮着了，最后，还是徐庶的江湖朋友们劫大狱，才把他救出来。出狱后，徐庶明白了一个道理，我这么干，治标不治本，我得跟项羽一样，万人敌，学习兵书战策，造福苍生。

随后，他开启了四处游学，跟有能耐的人学学问。其中，诸葛亮就是他在隆中游学的时候交的朋友。后来，曹操威胁徐庶，把他母亲抓起来，以此为要挟。徐庶是个大孝子，但没办法，忠孝不能两全。他对刘备说，主公啊，我得投奔曹操救我母亲，但有一条我答应你，我进曹营一言不发，我终身不为曹操献一计。这是徐庶的承诺。走时徐庶还向他推荐了诸葛亮。

诸葛孔明者，卧龙也。《隆中对》里讲“时先主屯新野，徐庶见先主，徐庶谓先主，诸葛孔明者，卧龙也，将军岂愿见之乎？”刘备说“君与俱来”，意思是你去找他，你们俩一块来吧。徐庶说什么？“此人可就见，不可屈致也”意思是这人呢，你得拜访他，你不能召他来。你看，徐庶对诸葛亮的能耐定位还是很准确的。我跟孔明相比，如萤火之与日月尔，我这能耐差远了。

后来徐庶到底去哪儿了？我们都知道庞统庞士元，使苦肉，献连环，借东风，烧战船。连环计就是庞士元献的，当时还有黄盖黄公覆下诈降书。有这些条件，赤壁之战才能成功。这些事跟徐庶有什么关系呢？

庞统献了连环计，他得回去，走到江边，想驾一叶扁舟，刚在江边上船，背后有人攥住了他。好你个庞统，前有黄公覆下诈降书，后有你来献连环计，你是恨曹公八十三万兵丁不死啊。庞统被吓得魂飞魄散。这还了得，这位高人给我点破了。回头一看是熟人，徐庶徐元直。

哎呀，徐庶你可别跟我闹，你要跟曹操说，我可就死定了。徐庶说，我不说是不说，我本来也不想出计策，可是我们都在这船上呢，若是东吴势大用火攻，我等玉石俱焚呐，全都得玩儿完，你得给我出个计策，我怎么跑。

庞统说，你这样，你跟曹操说，八十三万兵丁，这是把家底都带出来了，在江南久立战阵，西北一代，马腾马超父子骁勇善战，若是袭许昌后路，你老家不完了？曹操必然派你去调解这事，让你去守西凉。

徐庶一听，这主意高，第二天就给曹操出这么个主意。曹操说，那你就去吧。便把徐庶派到西北去了。

火烧赤壁之后，已经呈三足鼎立之势了。反观西凉，虽然把马腾害死了，但马超和他叔叔韩遂反的时候，半点没提徐庶的事，不知道他干啥去了。光知道曹操把他派到那边，后边便再没描述。

有人说，可能徐庶等老母亲西去，就自己仗剑游江湖，接着当“蝙蝠侠”了。有这可能。总之《三国演义》没有写明白。

身份可疑者：刘备、袁绍、曹操、孙权

其实刘备也来路不明。怎么来路不明？京剧里唱过“那刘备本是中山靖王的后，汉帝玄孙一脉流”。刘备自己也说“我乃中山靖王刘胜之后”。这些就能证明刘备的来历吗？难说。若刘备真是皇族后代，他怎么会沦落江湖去织席贩履了呢？织席贩履，换句话说，就是卖草席、卖草鞋的。关于刘备的来路，十之八九是他撒谎。为什么？中山靖王刘胜是谁呢？汉武帝刘彻的哥哥。跟刘备有多远呐？一位是西汉时候的人物，一位是东汉末年的人物，隔着将近三百年。

为什么刘备说他是中山靖王刘胜后人？因为中山靖王刘胜这人没别的本事，唯一的强项就是生孩子厉害，传说他一辈子生了一百二十多个儿子，厉害吧。咱都知道，子又生孙，孙又生子，子子孙孙无穷匮也。传了三百年了，你说他家的人得有多少。而且你要往上查的话，光是家谱都查不过来。东汉蔡伦才造纸，那阵族谱还都用竹简记载，不方便查阅，所以刘备的话十之八九是撒谎。要我说，他姓不姓刘都难说。

为什么刘备一说我乃汉室宗亲，汉献帝都认他，以至于最后所有人都没怀疑过刘备。为什么？因为刘备是演技派。不论谁跟他说，东汉末年，董卓进京，祸乱朝纲，曹操专权，挟天子而令诸侯，没等他说完，刘备就哭上了，边哭边叨叨，意思是我们家

太惨了。别人一看，看来真是皇亲，要不然怎么哭得这么惨呐，看来真是他们的家事。这戏演得不得不服。

当然，《三国演义》里类似这样的英雄豪杰还有很多。随便举几个例子。袁绍，十八路诸侯讨董卓，他是头儿，凭什么呢？就凭人家家谱清楚，历代都是东汉的栋梁之材。但是你仔细琢磨琢磨，其实袁绍的资格还差一点。为什么呢？原本他家这一支的封地在淮南，但是淮南这地方由他弟弟袁术世袭。为什么是他弟弟世袭呢？因为袁绍是由丫鬟生的，庶出，而袁术是大夫人生的，所以袁绍的门第不如袁术。

他母亲是个丫鬟，袁术的母亲是大夫人，那可大不一样。

北京有句骂人话“你丫儿的”，意思是丫头养的。过去北京大宅门里，老爷一高兴，看哪个丫鬟好，就会收了房，成了他的一个姨太太。丫鬟生的孩子没有保障，人家分家是由着正房孩子来，给你剩点算点。说你“丫头养的”，表示你什么都不是，在大宅门里你最次。袁绍是丫鬟的后代，所以并没有他弟弟出身这么显赫。

正因为这个原因，袁绍对于同样出生贵族但等级不够的人，会很亲切地对待。十八路诸侯讨董卓，他跟曹操关系最好。有人会说，曹操不也是贵族吗？贵族倒是贵族，但是问题出在了他爷爷身份上。为什么？因为他爷爷是个太监。

曹操的父亲叫曹嵩，但这并不是本名，真正的姓是复姓夏侯。你看《三国演义》里，曹仁、曹洪是曹操的兄弟，夏侯惇、夏侯渊也是曹操的兄弟。为什么呢？这缘于当时曹操的父亲被很有势力的大太监曹腾收为养子，既为养子，那自然就得跟养父一个姓。

所以不能叫夏侯嵩，得叫曹嵩。

还有一个来路不明的人，就是孙权。《三国演义》里，孙权据有江东，已历三世。

从长相上说，孙权什么样子？紫髯碧眼，紫胡子，蓝绿色眼睛。一琢磨你就奇怪，紫髯碧眼是什么长相？外国人的长相。换句话说孙权可能是白种人。但是，他父亲孙坚，字文台，浙江杭州人。他母亲吴国太，江苏苏州人。爸爸杭州人，妈妈苏州人，都是正宗的中国江南人士，俩人生出个白种人来，你信吗？

不敢信。所以孙权的身世之谜，是千古之谜。他到底从哪儿来的，谁都不知道。

《三国演义》里的极品冤家

誓杀董卓，其实孙坚有私仇？
空城冤家，司马诸葛还有交情？
枭雄孙权，也有闻风丧胆的克星？
一对亲兄弟，相煎何太急，
原来是因为一个女人？

三国时期，有句话叫“乱世出英雄”。甭管出英雄、出奸雄、出枭雄，既然是英雄并存的时代，就一定有激烈的冲突。说你是英雄，按照自然规律来讲，必存在克你的人，有可能你是我的冤家，我是你的克星。所以当这样的历史出现在文艺作品中的时候，大家也就司空见惯了。如果没有这些人的恩怨情仇，哪儿来的戏剧冲突？接下来咱们说说三国时期有哪些冤家对头，这些冤家对头之间都有哪些恩怨情仇。

孙坚为何恨董卓

翻开《三国演义》，如果要按时间顺序来梳理的话，“桃园结义”之后是什么事？就是“十八路诸侯讨董卓”。头一对冤家就是董卓和孙坚。孙坚是谁呢？对于这个名字，不太熟悉三国历史的人可能不知道，但是他有俩儿子厉害：小霸王孙策，孙权孙仲谋。孙坚是孙权的爸爸，十八路诸侯讨董卓时，其中一路就是孙坚。

为什么要提他和董卓的这对冤家的事呢？因为十八路诸侯并不是都跟董卓有深仇大恨，每个人都各怀鬼胎，各怀心事。曹操是想借机提高自己的声望，号令天下英雄，成就自己的霸业。而袁绍是想借机整合各种资源，成为真正地反对董卓一派的盟主。更多诸侯是想借机拉一票人马占地盘，跑马圈地。真正想把董卓撵出去，匡复汉世的人，几乎就没有。所以十八路诸侯讨董卓，结果注定是失败的。

由于这种心态，这些人跟董卓打的时候，往往都是假装卖力气，其实都怕硬碰硬。我的部队受了折损，我犯得上吗？都不真打，唯一一个真打的人就是孙坚，他是真跟董卓有仇。《三国演义》里有两场十八路诸侯讨董卓的战争，很有意思，一个是“虎牢关三英战吕布”，刘关张哥儿仨把吕布打败了，还有就是“关云长温酒斩华雄”。

这两件事在《三国演义》里被写得轰轰烈烈。为什么呢？因为作者罗贯中是亲汉的，他是向着刘备这边的，其实把吕布打退、斩杀华雄都是孙坚干的，最卖力气的人是孙坚。连董卓都说，这十八路诸侯来讨伐，其他人都怕我，他们就往后缩，唯独孙坚跟我死嗑到底。结果孙坚把董卓从洛阳打到长安，抱头鼠窜。

有人说，这奇怪了，俩人有多大仇？《三国志》里有记载，他俩是真有私仇，孙坚打董卓也不是为了匡复汉世，而是心里憋着一股气。这个怨仇怎么结的？汉灵帝时期，也就是汉献帝他爸爸执政的时期，到了晚期，关西一带有人造反，朝廷就派大臣张温去平叛。张温就带了两员大将出征，一员是孙坚，一员是董卓。

《三国演义》里的董卓窝窝囊囊，贪财好色。可实际上董卓在历史上是一个很有名望和能力的军事将领。他不大瞧得起张温。张温一发号施令，他就顶撞张温，这个也不对，那个也不对的。

可是张温因为董卓名气大，他只能依赖董卓。时间长了，孙坚不愿意了。张大人，你作为三军统帅，怎么能让一个下级把你拿住了？他说什么你是什么，这可不行。董卓飞扬跋扈，时间长了，你的威信何在呀！

可是这话白说了，张温根本就没拿他的话当回事，而且一转身把这话跟董卓说了。把董卓给气的。好你个孙坚，背后敢说我坏话！

自此以后，张温不待见孙坚了，董卓作为同僚也排挤孙坚，孙坚的日子越来越难过，基本上领兵打仗的事跟他无关了。所以孙坚等于是“耗子进风匣，憋气窝火”，“王八爬灶坑，多头受气”。好不容易有机会讨董卓，他就要把这股火发出来，同时也要向所有人证明，尤其是向董卓证明：你没有什么了不起，看我来收拾你。

但最后，这个私仇把孙坚的命都搭上了。他把董卓从洛阳打走，然后杀进后宫去，在井里发现了传国玉玺。谁得玉玺谁就是皇上了？撤吧。结果撤的时候，袁绍袁术嫉妒他，想把玉玺夺走，就命令荆州的刘表在孙坚过江的时候收拾他，结果把孙坚给弄死了。

真实的历史是不是这样的？不是。孙坚确实死在了刘表手里，但是和那些事没关系。孙坚原来就带着三四十人，这些人都有名号，程普、黄盖、韩当、周泰等，《三国演义》里也有他们。孙坚要想讨伐董卓，得向别人借兵。向谁借兵？向淮南袁术借兵。

袁术就答应他了。他为了出这口恶气报私仇，欠了袁术一个天大的人情。后来，袁术说，孙坚，我跟刘表有仇，你去打荆州刘表吧。孙坚为了还这个人情，去也得去，不去也得去。结果刘表开始时闭门不出，后来派了一员大将跟孙坚打，并假装败走。孙坚紧追，追到一个峡谷地带，被刘表的伏兵乱箭给射死了。

这事说明了什么？私仇、冤家这种事是把双刃剑。你弄好了，快意恩仇，舒坦了；弄不好，命都会搭上。所以孙坚、董卓是第一对极品冤家。

空城计里的冤家

《三国演义》里最出名的冤家是谁？诸葛亮和司马懿。

有人说，不对，应该是周瑜和诸葛亮，周瑜说过“既生瑜，何生亮”。其实所谓“诸葛亮三气周瑜”是没有的事，那只是《三国演义》里为了增加人物冲突虚构的一段。周瑜跟诸葛亮之间没有那么长时间的对抗，因为他俩毕竟是一个战壕里的，所以从这个角度讲，他们不是最大的冤家。

司马懿跟诸葛亮，一者在魏一者在蜀，是真正的冤家。他俩的冤仇体现在什么事上？很多人会想起空城计。由于马谡“大意失街亭”，司马懿占了街亭，率十万大军气势汹汹杀奔西城。这时候诸葛亮一看，跑也跑不掉了，没办法，硬着头皮布阵，命二老君在下边扫街道，城门大开。司马懿带兵过来，往城里一看，烟尘四起，疑有伏兵他又听诸葛亮在城楼饮酒抚琴，琴声丝毫不乱，并说诸葛亮一生从不冒险，城里必有埋伏，撤兵吧，于是司马懿被吓走了。

这事，历史上也没有。空城计的时候，司马懿在洛阳，离街亭很远，他不可能赶过来。而诸葛亮很精明，街亭一失，马上带兵退回汉中。所以，历史上其实是没有诸葛亮唱空城计这段故事的。

空城计是唐朝时候的事情。有员大将叫张守珪，他在和吐蕃国开战的时候，镇守瓜州。吐蕃大兵来时，他使了一次空城计，跟诸葛亮一点关系都没有。

咱们都知道，诸葛亮“六出祁山九伐中原”，多次打败司马懿，但是基本没撼动曹魏的元气。由于司马懿战术得当，打不过你，我就硬守，拖你。四川蜀中一带，天下初定，粮食产量也不多，老百姓需要休养生息，若诸葛亮劳师远伐，必对蜀国整体的经济损伤严重。拖你，你那边就坚持不住。所以最后诸葛亮在五丈原病死了。貌似诸葛亮占尽上风，但其实司马懿真是他的克星。有人说，司马懿用心挺歹毒。其实也不是，司马懿用这种战术，确实是因为骨子里恐惧诸葛亮。怕到什么程度？《三国演义》里写有“死诸葛吓走活仲达”。人虽死，余威犹在。

不光是怕，司马懿还是诸葛亮的超级粉丝，他心里头极为仰慕诸葛亮。两军对垒，他经常给诸葛亮写信。写什么？当然不能说过两天你要打我了，我怎么防你。不可能，军机大事不能泄露。而是探讨天下大事。

《三国志》里面有明确记载，司马懿曾经给诸葛亮写过一封信。信的内容是什么？他说，我这儿有个将领叫黄权，他原先跟着刘备，后来投降了曹魏，我跟他同殿称臣。这个人很好，非常有人格魅力，还实诚，不知道他在你那边时因何而投降过来。他在那边是不是也是这么大人格魅力？还是憋憋屈屈？你看，他是很想和诸葛亮交朋友。假如双方不是敌对阵营的，没准司马懿早就跟诸葛亮交好了。这对极品冤家之间，有恩有怨有情有仇，很有意思。

而且司马懿确确实实是个度量很大的人，他首先不是考虑你是我的冤家，而是想你的哪些能耐值得我学习。“吾不如孔明”，他由衷地敬佩对方，把对方当作偶像，具有很开阔的胸襟气度。所以我们说诸葛亮、司马懿是一对极品冤家。

武圣人也有克星

还有一对冤家属于压制型的。谁呢？张辽和孙权。

照理说俩人不是一个量级的。张辽是曹操手下一员武将，而孙权则是一方诸侯，后来称王称霸了。为何孙权怕张辽怕到那般程度呢？

《三国演义》里有一场有名的战役——合肥之战，是一场大战役。当时张辽率八百多士兵守合肥，孙权亲率十万大军打合肥，八百对十万，太悬殊了。张辽说，我们不能撤，得当敢死队，逃跑太丢人了。

张辽打开城门直接跟孙权对垒，就认准一门——射人先射马，擒贼先擒王。咱不就八百人吗？别的人咱不打，咱全部冲孙权使劲儿，就打中军帐，最后哪怕咱全死了，把孙权弄死，咱也值了。

所以八百将士如狼似虎地扑过去了。结果这义勇之劲还真了不得，打到离孙权剩百十来米的地方，孙权确实吓坏了。张辽一看，再往前打根本不行了，那十万大军守得跟铁桶似的，便赶紧往回撤。孙权的兵就追。张辽的八百多人就剩下几十个人了，张辽回身一看，这几十个人被包围在圈子当中。这哪儿行，提枪跨马又折回来，杀进重围，把很多东吴将军打败之后，才把他的部下几十人救了回来。这一战，把孙权打怕了。他说，我没见过这么狠的，太吓人了，八百人的军队，让张辽一带能这样厉害。

《三国演义》原文“江东小儿夜啼，闻张辽之名亦不敢哭泣”，意思是说江东的小孩晚上在那儿哭，他妈说别哭了，张辽来了，小孩就吓得不吱声了。

张辽一战在江东成名，孙权算是怕了他了。怕到什么程度？后来只要是东吴跟曹魏开战，魏主曹丕就派张辽去打，只要张辽一去，孙权就想撤。一直到后来曹丕兵分三路伐吴，再用张辽。张辽老了，再加上有病，都走不动道了。最后曹丕下令，把他抬到战场上去。孙权一听张辽来了，问手下人是不是得撤。手下人说，我主，不能这么干，张辽老迈年高了，而且病入膏肓，你怕他干啥？孙权说，不可轻敌，没准儿他是装病呢。曹丕说，张辽，你真了不起，那一战把孙权打得到现在没缓过劲儿来。结果这一场大战，张辽没挺住，病死在中军帐中。死信传来后，孙权长出一口气，才一鼓作气，带兵把曹丕大军击退了。

你看这对冤家，一战之下，一方被压得喘不过气来，斗志全无，不敢再战。

亲兄弟的三角恋

刚才说的几对冤家，都是两军对垒，都不是同一伙的。同一伙里也有冤家，《三国演义》里有一对冤家还是亲兄弟。谁？曹丕和曹植。

大家都熟悉，三曹里，这俩人的文学水平都很高，不同的是：哥哥权谋之术更厉害，写东西更加理性，具有政治家、理论家的潜质；而弟弟曹植更感性，文学作品写得很有想象力。他哥儿俩是冤家也正常。为啥？为继承曹操的位置。其实不是这么回事，因为那时候曹丕展示出来的实力，曹植是赶不上的。真讲军国大事这些谋略，曹丕要厉害得多。最后在争夺战中，曹丕已经战胜了弟弟。胜了之后，他就要当皇帝了。

有一段真实的历史故事，咱们都知道。曹丕把曹植叫到跟前。兄弟，都说你写诗厉害，来，走七步，你给我写首诗，叫"七步成诗"。曹植念道"煮豆燃豆萁，豆在釜中泣。本是同根生，相煎何太急？"曹丕为什么这么恨弟弟呢？一个最重要的原因是弟弟给他戴了绿帽子。怎么回事？

曹操带兵打仗的时候，有一个将领被他弄死了，将领的媳妇甄姬成了寡妇。曹丕一看，真漂亮，绝色佳人，便把她带走了。曹丕整天忙于军国大事，而甄姬能歌善舞，比较感性，是个文艺女青年。时间一长，她觉得跟曹丕没有共同语言，便跟小叔子曹植好上了。

曹植是个文艺男青年，俩人有得聊。史书里没有记载俩人到底有没有苟且之事，可能更多的就是精神出轨。曹丕知道了，心里能不恼火吗？爱情都是自私的，曹丕也喜欢甄姬。后来甄姬死了，曹植听说后大病一场。

曹丕说，弟弟你干吗？人都死了，你还惦记着，来来，你过来，我找你有事，我给你看样东西，这是你嫂子生前枕的枕头，你看看。

曹植接过枕头，号啕大哭。曹植很感性，都不管脸面的事了，当着他哥哥的面就哭上了。回去之后，曹植抱着枕头哭了一宿，天亮的时候，有感而发，写了一篇赋，叫《感甄赋》。

甄姬和曹丕生了个儿子叫曹瑞，后来曹瑞也当上了皇帝。那时候“洛阳纸贵”，大伙儿都争传《感甄赋》。他一琢磨，这事不对，这是我叔叔和我妈的绯闻，这么就还做瓷实了。不行，赶紧号令天下，把这篇赋改为《洛神赋》。

一说《洛神赋》，很多朋友都知道。历史课本里关于曹植的文学成就，最重要的也是《洛神赋》。

文学作品里因为有冤家，才有恩怨情仇，才有情节冲突。所以你这边看《三国志》，那边看《三国演义》，会发现《三国演义》里写冤家写得特邪乎，极尽夸张，因为大家爱看。可是现实中，我们总能听到这样的劝世良言，叫“怨仇宜解不宜结”。两个人结怨可能是因为一点小事，但是在互相报复的过程中，小事就会变成大事，最后弄得你死我活，甚至闹出人命来。如果你真和谁结了点怨仇，最好能宽宏大量地化解，或者索性躲着点，这不算是认怂。如果用极端的手段解决，有可能两败俱伤。杀人一千，自损八百，大可不必。最后咱还得说句老话，这句话是个亘古不变的真理——“多个朋友多条路，多个仇人多堵墙”。

《三国演义》中的“龙凤之争”

杀人无形，孔明其实是心理大师？
乱箭穿胸，庞统之死竟然是阴谋？
“得一人即可安天下”，
刘备为何坐拥龙凤，却仍抱憾而终？

有一句话叫“卧龙凤雏，得一可安天下”。卧龙是谁呢？诸葛亮；凤雏是谁呢？庞统庞士元。刘备当初东躲西藏，躲在哥哥刘表的荆州地界。结果刘表的继室夫人蔡氏，怕刘备推前室的长子继承刘表之位，而不推她的儿子刘琮，她就阴谋害刘备，送给刘备一匹的卢马。传说谁骑这马谁倒霉。

蔡氏设宴准备害刘备。刘备驾着的卢马跑，结果蔡瑁、张允追来了。的卢马跑到檀溪边的一个山涧，不往前跑了，刘备急得用鞭子抽马，没想到这马嗷的一声，一尥蹶子，跳过去了，救了刘备一命。历史上称这件事为“马跃檀溪”。

过檀溪之后，刘备漫无目的地逃，跑到一个小山村，见到一位隐居世外的高人。这个人是谁呢？水镜先生司马徽。司马徽留刘备住宿，第二天刘备走的时候，他告诉刘备“卧龙凤雏，得一可安天下”，意思是这俩人你要能得一个，那天下都是你的。因这一句话，《三国演义》里两个顶级谋士，诸葛亮、庞统，结下了千古奇缘。

咱们就来说说这两个人的一些身世谜团，以及他们之间的关系。后来刘备把这俩人都收入麾下，可最后天下也不全是他的。这是什么原因呢？

擅长营销的诸葛亮

《三国演义》里诸葛亮和庞统的差别很大，一个是闪亮登场，一个是黯然登场。何为闪亮登场呢？

刘备三顾茅庐才把诸葛亮请出来。诸葛亮非常善于搞自我营销，在这一点上，他远胜于庞统。

诸葛亮是怎么自我营销的？《隆中对》开篇写到“亮躬耕陇亩，好为《梁父吟》。每自比于管仲、乐毅，时人莫之许也。惟博陵崔州平、颍川徐庶元直与亮友善，谓为信然”。就是说诸葛亮本来是在南阳卧龙岗当个农民，闲来无事的时候喜欢唱个曲儿、写写诗词，自比于管仲、乐毅，即春秋时候的宰相管仲，战国时候的志士能人乐毅。

这是诸葛亮自我营销非常高明的方法。当时诸葛亮周围都是种田的农民，诸葛亮便发动这些农民给他造势。如果他要对知识分子造势，文人相轻，人家不一定捧他。农民怎么造势呢？农民们每天都在田里辛勤劳作时，他出来了，摇着羽扇转悠。而且诸葛亮是美男子，农民一看，这个人跟我们不一样，不仅不种地，还天天摇着扇子闲逛，说明这个人是高人。

他跟周围人一宣传，并自比管仲、乐毅。管仲是谁？齐桓公时候的宰相。农民眼里就认得官，便说这人跟大官一样，可是能人。

所以刘备三顾茅庐时打听诸葛亮，农民们都说他了不起。这时候的诸葛亮已经成功地把自己推销出去了。

再看刘备“三顾茅庐”。其实诸葛亮很想跟刘备干，但为什么刘备一顾茅庐、二顾茅庐他都不同意，甚至不见面呢？这就是技巧，越是不易得，得到手后才会珍惜。诸葛亮折腾刘备三次，就是要让他觉得，得到自己不容易，得加倍珍惜。所以说，诸葛亮的情商、营销水平非常高。

庞统面试被出局

对比之下，庞统就差多了。庞统本来先天条件就不如诸葛亮。诸葛亮是美男子，庞统是个什么相貌的人呢？粗眉毛、短胡子、黑脸，鼻子上翻，地道的丑男。在自我营销上，他也差远了。

庞统原来到好几个地方走过，换句话说就是去应聘。先到哪儿呢？到江东找孙权。孙权上来就问，你是儒家、道家、法家、阴阳家哪个流派的？谁是你师父？

其实这很正常，就像我们现在的公司招聘，也会问你是哪个大学毕业的。可是庞统一听这话，心里不愿意了，带搭不理地说，我随机应变，没流派，你需要什么我给你什么。

孙权一听，很不痛快。你这口气还挺大，我这儿能人义士也不少，有一人想必你听说过，姓周名瑜，字公瑾，周公瑾已官拜水军都督，乃江东大才。

孙权说这话什么意思？意思是你少在我面前显摆。教训了他两句。结果庞统还没弄明白，直接来了一句“我学的和周公瑾大不一样”。言外之意是说周瑜跟我不是一个档次，差远了。孙权气的，把庞统撵走了。所以庞统的这次求职经历是非常失败的。

庞统这个人不会借势，还非常骄傲。鲁肃知道这个情况后，很不好意思。让你到江东见孙权是我的主意，你不仅没捞到一官半职，还被撵出来了。鲁肃觉得很对不住他，便说：刘备刘玄德也是个仁德之人，你投奔他去吧。

庞统走之前，鲁肃写了封信让他捎给诸葛亮，嘱咐他拿着信先见诸葛亮。诸葛亮收到信，一看是给刘备推荐人才的，他也赶快写了一封信，因为当时他没跟刘备在一块。庞统手里有两封信，一封来自鲁肃，一封来自诸葛亮。可是庞统见刘备的时候，两封信都没拿出来，他觉得是个耻辱。

所以说，庞统不知道如何尽快地进入集团核心展示自己的才华，反而还有点小傲气。

得罪主公，庞统情商不高

庞统在刘备跟前也很没眼力见儿。

当初诸葛亮捧刘备，告诉他，天下三分是怎么个形式，你怎么取益州，占四川。“将军既帝室之胄，信义著于四海，总揽英雄，思贤如渴，若跨有荆、益，保其岩阻，西和诸戎，南抚夷越，外结好孙权，内修政理；天下有变，则命一上将将荆州之军以向宛、洛，将军身率益州之众出于秦川，百姓孰敢不箪食壶浆以迎将军者乎？”意思是你的出身很好，老百姓很欢迎你，你乃贤德之人。刘备听得很舒服，对诸葛亮很是偏爱。

庞统呢，情商不行。他跟刘备入川打刘璋，得胜归来，晚上庆功宴喝酒。刘备也喝多了，说今天高兴，咱打了胜仗。庞统也喝多了，却一盆冷水泼了过来。主公，你素来标榜自己仁义，打自己兄弟，占人家地盘，这是非正义战争，你还如此高兴，不是假仁假义吗？

刘备其实一直都是这样，没让敌人戳穿，反而被自己人给戳穿了。刘备当时大怒，酒宴不欢而散。

过了一天，刘备酒醒了，把庞统叫来，说昨天这事你做得不对。意思是让庞统有个台阶下，认个错得了。结果庞统说，要说有错，咱俩全错了。作为主子来说，底下人这样和你说话，你能不生气吗？

所以说庞统在情商和自我营销方面，比诸葛亮差多了。

凤雏其实挺有才

情商是一个人自我营销的软件。两军阵前对垒出计谋，需要智商，那是硬件。既然庞统与诸葛亮并列，他的硬件比诸葛亮如何呢？旗鼓相当。

庞统的一生总共干成了两件成功的事、两件失败的事，而且各分成大胜小胜、大败小败，加起来四件事。

何为大胜呢？“献连环”让曹操把船连在一起，结果周瑜一把大火，把曹操烧惨了。没有庞统献连环计，火烧赤壁不会有这么大的胜利。这是庞统干得很漂亮的一件事。

小胜是什么呢？他拿着两封推荐信去见刘备。不亮出信来，刘备也不知道你庞统有多少能耐，况且现在身边还有诸葛亮，就试试你有多大能耐吧。便把他派到百里地的一个小县城当县令去了。去了以后，庞统天天在衙门里喝酒，老百姓击鼓喊冤均不理。

这件事传到了张飞耳朵里。张飞说，这不行啊，我哥哥让你当县官，你就这么干？张飞拿出当年鞭打督邮那劲儿，到百里地视察去了。一进衙门，一鼻子酒味，庞统庞士元正在大堂之上的椅子上睡得呼呼的。张飞过去一拍桌子。你给我醒醒！怎么回事？

庞统一睁眼睛，发现三将军来了，自己的舌头喝得都短了。张飞质问他，我听说你上任之后没理政务，那么多百姓击鼓喊冤，你也不管。

庞统说，我现在就处理。让人把他上任之后积攒的案件都呈了上来。庞统是耳朵听，嘴里说，笔下写。两边师爷衙役协助，处理得有条有理。没半天，积攒的所有公务全都处理完了。张飞看傻了，这人真有能耐啊。张飞回去跟刘备说“庞士元非百里之才”，刘备这才开始重用他。这是他干得第二件光彩的事。

两败是什么呢？有一小败，有一大败。

刘备入川，要夺自己宗亲刘璋的地盘，并说为了避免硬碰硬，咱得智取。

如何智取？庞统出了个主意。你把刘璋喊来吃饭，你是他哥哥，他得给你面子。吃饭的过程当中，我命大将魏延舞剑助兴，舞到他跟前，一剑把他捅死，以绝后患。

其实这主意并不高明。咱们谁都知道，“鸿门宴”上，项庄舞剑意在沛公。结果刘璋来了之后，魏延果然舞剑助兴，但他演得不像，拿着剑就冲刘璋去了。哪有这么干的？刘璋下边也有武将，这些人一看，蹭地一下都站起来了，纷纷亮出武器。局面一下子就失控。刘备和刘璋也赶紧站起来，从中调解，把局面稳住。这是庞统的小败。

还有一大败，这次大败送了庞统性命。刘备入川之后，刘璋也有戒备。庞统就说，主公咱们不能坐以待毙，得主动进攻。他给刘备出了上、中、下三策。下策太缓，上策太急，刘备说咱用中策吧。

刘备和庞统各领一路军马，准备分头夹击。结果呢，庞统中了刘璋大将的埋伏，被乱箭穿胸而死。

我们只看庞统做的这几件事情，就能发现，庞统的智商不比诸葛亮差，计谋很厉害。也就是说，他的硬件不比诸葛亮差，但是软件要弱于诸葛亮。

龙凤兼得，为何没得天下

司马徽说“卧龙凤雏，二者得一可安天下”，可是刘备把这俩人都得了，为什么没有安天下？要诀就在于，“得一可安天下”，得俩就安不了。这是什么逻辑呢？故事《三个和尚》中，一个和尚挑水吃，两个和尚抬水吃，三个和尚没水吃。

是因为诸葛亮和庞统合作精神差吗？

诸葛亮到了刘备这儿把持大权后，也给刘备招揽人才。但招揽的人才都比他低一等，也就是说，他没给刘备招来第一流人才。后来跳出个庞统来，跟他能耐不相上下，诸葛亮心里能痛快吗？

反过来，到庞统这儿也是如此。庞统辅佐刘备，刘备一开口都是诸葛亮怎么说，我家军师怎么说。庞统一听，既然你事事都听诸葛亮的，那我还怎么说话。庞统心里也憋屈。

这两个人凑到一起，关系能和谐吗？

诸葛亮头一回见庞统，俩人就不和。赤壁之战结束后，诸葛亮三气周瑜，把周瑜气死了。周瑜死后，诸葛亮到柴桑去给周瑜吊孝。

去了以后，周瑜身边的人恨他害死都督，要杀他，结果诸葛亮事先写了一篇祭文，读得情真意切，又一通大哭，把小乔夫人、鲁肃等东吴群臣都感动了，顿时觉得可能是我家都督心胸狭窄，和诸葛亮关系不大，他罪不至死。

结果诸葛亮一出门碰到庞统了。庞统哈哈大笑，说好你个诸葛孔明，你把周公瑾气死了，现在又假慈悲，跑来吊孝，你瞒得了别人，瞒得了我吗？诸葛亮心里头恨死了。所以这两人的友谊算是建立不起来了。

后来庞统死在落凤坡，这件事诸葛亮是有责任的。怎么说？

那时候庞统跟刘备在四川，诸葛亮据守荆州。其实这事诸葛亮早有谋算，他一早就认为进四川会有去无回，便对庞统说，你跟着主公去吧，我镇守荆州，荆州也很重要。

刘备等人入川后，诸葛亮掐指一算，庞统跟刘备攻打洛城不吉利。当时还有个谋士叫彭亮，他也算出了庞统大凶，容易死在四川。

诸葛亮派人给庞统送信，信里说，庞士元呐，打洛城你得小心，要不就回来吧，别打了，你可能会死在哪儿。

庞统本来对这次战争也有一种预感，因为占卜是古代谋士的必修课，但是一看这封信，庞统恼了。为什么？你诸葛亮是不是怕我夺了蜀中立大功？"要小心"是什么意思？难道我庞统是贪生怕死之人吗？一下就恼火了。你越是这么说，我越要去。

其实这是诸葛亮给庞统使的激将法，结果庞统没反应过来，顺了他意，凤雏死在落凤坡。

咱们比较这两位，可以得出一个结论：诸葛亮情商、智商、自我营销样样皆通，而且精通心理学；庞统呢，智商很高，但其他方面都不如诸葛亮。

这就好比高考状元。高考成绩一出来，高考状元绝对是受众人注目。可是有些高考状元却很难成为社会里的顶尖人物。为什么？高考状元在学识方面确实高出其他学生，但在其他方面，比如生活能力、人际交往等方面，可能就没那么优秀了，所以在社会上就不见得能成功。

大学毕业生步入社会，怎么能尽快在职场上站稳脚跟呢？诸葛亮这一套情商经验，高于庞统的本事，值得现代年轻人好好琢磨体会。

《三国演义》里的模范夫妻

亡国之君，怎样才保全性命？
河东狮吼，其实是贤内助？
才貌双全，为何非要娶丑妻？
三国时期英雄辈出，
他们究竟有着怎样的婚姻生活？

我们把《三国演义》翻开，前边有一首阕词叫《临江仙》。谁填的词呢？明代的状元杨慎。“滚滚长江东逝水，浪花淘尽英雄。是非成败转头空。青山依旧在，几度夕阳红。”

同样是有本领的英雄，难道仅仅因为时运不济，或者因为运气很好，就一个上天化为苍龙，一个入地变泥鳅吗？没那么简单。除了这些时运因素以外，“一个好汉三个帮，一个篱笆三个桩”，英雄身边有什么样的人也非常关键。

那么谁离英雄最近呢？他的老婆。大致分起来，《三国演义》里女人可以分成护夫型、助夫型、旺夫型三类。

接下来，咱们就来具体说说这三类女人都是什么样的。

最幸福的亡国之君

护夫型老婆，指的是关键时候能保护好自己丈夫。丈夫遇到困难，她能挺身而出。

一说汉献帝，有人说这人没什么可说的，窝囊皇帝，汉朝末位皇帝，被逼无奈，拿出玉玺，弄了一个封禅台，把皇位让给了曹操的儿子曹丕，这才有魏蜀吴三分天下。

很多人都说汉献帝是个废才、傀儡。这话说得有点儿过。汉献帝九岁当皇帝时，上一任皇帝已经把东汉家府败光了。董卓进京，祸乱朝纲，整个东汉都垮台了。末世之下，指望一个九岁的孩子挽狂澜之即倒，扶大厦之将倾，根本就不现实。汉献帝在这种乱世之下，能自保就已经很了不起了，凭他一个人根本做不到，需要人帮助他。谁呢？他后来的夫人——皇后。

皇后姓曹，叫曹节，是曹操的女儿，曹丕的姐姐。曹操在汉献帝身上下足了功夫，先后把三个女儿都嫁给了汉献帝，曹节后来被封为皇后。曹操为什么下这么大本呢？有句话说，曹操明为汉相，实为汉贼，挟天子而令诸侯。在许昌，他其实是拿汉献帝当傀儡，把他供起来。怎么供呢？你的一举一动我都得知道，所以我把女儿嫁给你，你有个风吹草动，我第一时间就能得到信息。

曹操开始打的是这个如意算盘，没想到算盘打错了。为啥？嫁出去的闺女泼出去的水，曹节跟汉献帝的夫妻关系非常好，一门心思护着自己丈夫。自打刘备取了汉中以后，这天下，河南河北是曹操的，江东是孙权的，蜀中四川再加陕西汉中是刘备的。换句话说，天下已经非常明显了，是三分天下的局面。你再挟汉献帝而令诸侯不好使了。

《三国演义》里可没说曹操要害汉献帝。野史里有一些传说，说曹操一看天下大势，就想我留你还干吗呀，天天还得上朝拜见，得了，把汉献帝害死吧。他要动手，但是曹节不干，直接对他爸爸说，你要把我丈夫杀了，我就跟着死，而且当着满朝文武的面一头撞死，让大伙儿看看。

毕竟血浓于水。曹操一看，代价太大了。我杀他，我女儿跟着死。干脆不杀了，还是放了吧，就把汉献帝放了。关键时刻曹节拼死一争，留住了老公的性命。

曹操死后，他的儿子曹丕篡位之心已经很明显了。他直接跟汉献帝摊牌，你手里不有玉玺吗，拿出来吧。明摆着是让汉献帝滚蛋。汉献帝没办法，就搭了个封禅台，把皇位让了，把玉玺交了。曹节不干了，对曹丕说，你姐夫的玉玺在我手里，我就不给。曹丕急了。曹节指着弟弟大骂，你干这种事，不会有好下场，你要再逼我，我就把玉玺摔了。把曹丕吓得够呛，姐姐性格太刚烈了。

本来是要废了汉献帝，可他姐姐不干。她还说你要非这样，我会让全天下都知道。最后曹丕没办法，把汉献帝从牢里放了出来。送哪儿去了呢？河南焦作，那时候叫山阳城。封汉献帝为山阳公。曹节又说，我要跟着我老公。曹丕也没有办法。去吧去吧，你俩活在一块儿，死也死在一块儿。

他俩去干吗了？汉献帝有点小能耐，懂点中医。东汉末年，天下大乱，老百姓看病难。汉献帝到了焦作，采点药熬点药汤，得到老百姓的欢迎爱戴。现在河南焦作的一些石雕、画像里还有一幅“山阳公行医图”，就是当年汉献帝两口子悬壶济世的事。

他们不是“夫妻本是同林鸟，大难临头各自飞”，而是在危难来临的时候，妻子保护丈夫，舍生忘死。

蔡夫人其实是贤内助

第二种呢？助夫型。助夫型什么特点呢？与护夫型还不一样，助夫型妻子平常就对丈夫的事业有很大的助推力，不是偶尔才显露出来。

最早，朱元璋投奔郭子兴时，郭子兴挺喜欢他，把干女儿马秀英嫁给了他。马秀英是谁？大脚马皇后。后来郭子兴嫉妒朱元璋，就把朱元璋抓起来，仍到牢房里。眼看丈夫就要饿死了，马秀英很心疼，便到厨房里偷了块刚烙出来的饼，拿起来刚要走，郭子兴的老婆进来了，马秀英便把饼顺手塞进了胸口。干妈看着干闺女，哎哟，孩子，身体怎么样啊，我跟你聊聊天吧。聊了一会儿后，干妈走了。马秀英再把饼拿出来，胸口烫的都是泡。当时朱元璋要没吃那口饼可能也就饿死了。

助夫型女人平常就对男人帮助很多。没有这些女人，男人的事业就做不大。谁是典型呢？

常言说，刘备借荆州，有借无回。荆州原先是谁的呢？刘表刘景胜的。他是刘备的族兄。刘表的女人是典型的助夫型。谁呢？《三国演义》里的蔡氏，蔡瑁的姐姐。

有人说，不对，《三国演义》里的蔡氏可不是什么好女人，总向着自己小儿子刘琮，想让小儿子当荆州之主，把刘表的大儿子刘琦挤兑得够呛，而且还要害刘备，说刘备向着刘琦不行，得弄死他，所以才有刘备“马越檀溪”这段典故。

历史上怎么描述的呢？刘琮并不是蔡氏的儿子，但蔡氏对他很好。若没有蔡氏，刘表不可能在荆州有那么大的势力。当年刘表是翩翩少年，长得很英俊。董卓派刘表去镇守荆州。那时候荆州一州七郡，上百个县城，每个县城形势都错综复杂，地痞流氓豪强各处各居。为什么孙权、刘备、曹操都想要荆州？荆州自古乃兵家必争之地，兼通水陆两道。

刘表上任，荆州势力太复杂了，他管不了。有人就给他出主意，说荆州当地有个大户人家，姓蔡，势力很大，你可以上他家求教。人家正在那儿招亲呢，他家里有俩女儿，二女儿蔡氏貌美如花，年方二八，正是好年纪，你去提亲。你这模样长相，又是大汉宗室，肯定行。刘表就去了，很顺利地把蔡氏娶了进门。他利用媳妇娘家人的势力，把荆州一带摆平了，很快荆州就是刘表的势力范围了。蔡氏处处帮助刘表，他弟弟蔡瑁也给刘表训练水师，要不然刘表的军事力量不可能那么大。

更难得的是，蔡氏本身也有见识。体现在哪儿呢？

《三国演义》里有这么个事，刘表手底下有个文官，姓韩，叫韩嵩，刘表派他去许昌见曹操。那会儿是曹操挟天子而令诸侯的时候。韩嵩到了许昌跟曹操一见面，英雄崇拜，被曹操洗脑了，回来后一口一个曹公真仁德呀，对皇上是绝对恭敬，对百姓相当好，文武百官莫不爱戴曹孟德，都真心地崇拜他。

刘表一听，你去干吗呀？是不是被他收买了？到我这儿来做奸细了。给他当卧底来了？一来气，就要杀他。这时候蒯良建议，说主公不能这么办，这个人很有声望，你别杀他，他也不会去投降曹操。刘表就把韩嵩放了。

真实的历史是怎么回事呢？

蔡氏夫人跟刘表讲，你别杀韩嵩，韩嵩在荆州当地很有声望，杀了他，人家说你没容人之量，派他到曹操那儿去了一趟，回来就被杀了。再者说，韩嵩原来在你这儿位置很高，但去了一趟曹营就被曹操说服了，说出去多难听啊，还有没有人敢投奔你？再说，韩嵩头脑简单，直肠子，有啥说啥，你别跟他一般见识。

刘表一听，也是啊，就把韩嵩给放了。

所以说，蔡氏夫人是个助夫型的，在日常的事上能处处维护丈夫的形象，帮助丈夫在事业上步步高升。

大家都知道大导演李安。李安原来在美国学电影创作，刚毕业时没人买他的剧本，穷困潦倒，找不到工作。李安做菜做得好，烹饪水平很高，就是那些年没事儿天天在家做饭练出来的。他媳妇在外边挣钱。七年时间，李安啥都没干，天天在家做饭，做完饭琢磨写剧本，最后李安的剧本终于火了。

俊男丑女也完美

第三种是咱们常说的旺夫型。具体什么样呢？还得从刘表说起。

前面不是说吗，蔡瑁上头俩姐姐。蔡氏夫人是二姐，嫁给了刘表。大姐嫁给谁了？黄承彦。这名字，你觉得生，《三国演义》里，刘备三顾茅庐的时候，有个老头儿骑着驴喝着酒，大雪天过小桥，嘴里念叨着，他就是黄承彦老人。

黄承彦是诸葛亮的老丈人，他娶了刘表的大姨子，生下一个女儿叫黄月英，嫁给了诸葛亮。所以诸葛亮得管刘表叫什么呢？叫姨丈人。诸葛亮的老婆黄月英，就是典型的旺夫型。

历史相传，他老婆长得很难看，而且是黑脸黄头发。她是怎么跟诸葛亮走到一块的？黄承彦上门找诸葛亮说，孔明先生，我跟你说个事，我有个女儿叫黄月英，我准备把她嫁给你，但是我把丑话说前头，我女儿长得可难看，但是能力比我大，学问比我高，六韬三略、兵书战策非常熟悉，只可惜是个女儿身，要是男儿身，我早把她送到战场上了。你既然有出茅庐平定天下的心思，我女儿的用处可就太大了。诸葛亮一听，什么丑不丑的，有才就行。这亲事就算谈成了。

周围很多人还笑话诸葛亮，“莫学孔明择妇，只得阿承丑女”，意思说，你们选老婆，可别学诸葛孔明，弄来弄去把黄承彦的丑女儿娶进门。黄月英进门后，对诸葛亮帮助太大了。诸葛亮被刘备请去之后，家里事都是黄月英操办，诸葛亮没有任何后顾之忧。

而且，诸葛亮一见她，俩人有说不完的话，不是说情哥哥蜜姐姐的情话，谈的都是有用的事。有一次诸葛亮回家，看黄月英在哄孩子，再一看旁边有个木人，嘎吱嘎吱在那儿推磨呢。黄月英说，这是我的发明。诸葛亮根据她这个发明，最后发明出了运输工具木牛流马。诸葛亮后来九伐中原时就是用这种工具运粮食。机关打开时，它能翻山越岭；机关合上，别人便看不出来，表面就是一堆废木头。

她还帮诸葛亮解决了一些心理上的问题。她说，你是聪明，能耐也大，可是有个毛病，喜怒形于色，高兴了，笑得跟花似的，伤心了，眉毛皱着，这不就被人看出你心思了吗？诸葛亮说，我心里有事是藏不住。黄月英说，我给你做一把鹅毛羽扇，你把这扇子打开，假如你高兴，就遮着脸，自己乐别人也看不着，你要真恨谁，跟他聊会儿天，用扇子遮着，别人也不知道你脸色。而且，你可以总拿扇子扇扇热，告诉自己不要太冲动，保持冷静。

说到这儿，有人会想起金城武演的《赤壁》里的诸葛亮。人家问他，为什么大冬天这么冷你也扇扇子？他回答，我要保持冷静。其实这是黄月英教的。所以，黄月英是真正旺夫型的。

就像赵传歌里唱的，“当所有的人靠近我的时候，你知道我需要安定从容，你知道我有一颗永不安定的心，我容易冲动”。好女人当丈夫太高兴的时候，会告诫他冷静点；丈夫意志消沉时，会鼓励鼓励他。换句话说，好女人是男人的心理按摩师。男人跟你在一块事事都顺，你能把他的心理调整过来。他见到你就高兴，就有生活下去的勇气和信心，就有建功立业的雄心壮志。这种女人是旺夫型的。

现实生活中，有的人以为自己能帮助丈夫，就认为得管他，丈夫不能抽烟不能喝酒，晚上按时回来。不知道怎么管，就把丈夫管得意志消沉。其实，作为女人，你应该鼓励他上进。

通过一部《三国演义》，解读这些护夫、助夫、旺夫的女人的所作所为，你会发现，针对不同类型的男人，好的女人就是一所好学校，她能够对男人的缺陷有所调整。

男人需要物质、现实的东西，也需要理想、精神层面的东西。

一个好女人是丈夫的助力，能给予他恰当的帮助。如果现实中的两口子能做到这些，世上就不存在“离婚”二字了。所以，不要以为《三国演义》是部男人戏，女人翻开它，同样能收获良多。

《三国演义》中的冤家夫妻

一代枭雄，真的爱上了敌国之女？
老夫少妻，为什么结局如此悲惨？
郎才女貌，是最脆弱的婚姻模式？
看起来恩爱的夫妻，到底是怎样相爱相杀的？

模范夫妻，就是女人在一定程度上帮助男人成就一代宗业，她们中有护夫型的、助夫型的、旺夫型的。有积极的就有消极的，有好的就有坏的。咱们再说说《三国演义》里那几对看起来别别扭扭的，最后下场也不好的夫妻。

强扭的瓜不甜

过去的包办婚姻里常有政治婚姻。《三国演义》里排到第一的政治婚姻是哪位夫妇呢？刘备和孙尚香。孙尚香是谁呢？孙权的妹妹。说实在的，但凡成大事的，英雄也罢，枭雄也罢，往往不太拿自个儿女人当回事。

刘备跟关羽、张飞结拜的时候有句名言，“兄弟如手足，女人如衣服”，说咱们哥们儿之间，你就是我的手、我的脚，那要折了我得多疼啊；女人没事，女人就如衣服，衣服旧了，那我就换一件。这就是刘备对女人的看法。

他有两位夫人，一个甘夫人，一个糜夫人。刘备在徐州被曹操打败时，他的两个夫人由谁护着？关羽。如果不是因为两个嫂子，关羽不会投降曹操，他怕嫂子出事。刘备不太拿自个儿女人当回事。可是对于他兄弟来讲，她们可是嫂子，得护着。

后来刘备折腾了好几回，到底把俩夫人全折腾死了。甘夫人是太子阿斗的母亲，是病死的。糜夫人死得更惨。赵子龙“长坂坡七进七出”救阿斗，糜夫人抱着阿斗，看着赵云说，哎哟将军，你可来了，孩子交给你，赶紧送到皇叔那儿去。赵云说，嫂子我带你走。她说，不行了，我受伤了，我走不多远了。赵云一转身，她就撞到墙上死了。赵云哭了一场，把糜夫人的尸首搁到井里头，把墙推倒了。

还有一种说法是糜夫人投井了。一种是撞墙而死，一种投井而死，反正最后都是赵云把墙推倒了，把井埋了。所以刘备最早娶的两位妻子都没有好下场。

这俩女人一死，刘备落了单。这时候刘备占据荆州，孙权和周瑜心里很不平衡。你当初说好的，只是为了打曹操暂借荆州这块地，一旦将来你把四川攻下来，荆州就得给我。

这时候周瑜出了个计策。他说，主公，你不有个妹孙尚香吗？咱们就跟刘备说让他过江东招亲来，把他人扣下，他不还也不行，是命大还是荆州大？没想到这招被诸葛亮识破了。诸葛亮说，咱得去，主公你别怕，我让赵云护着你。然后给了他三个锦囊妙计。

第一个怎么写的？过了江东就买好酒好肉，各种彩礼，敲锣打鼓，让江东老百姓都知道，刘备过江招亲来了，要跟孙权妹子孙尚香结婚。这一下惊动了乔国老。乔国老是谁呢？大乔小乔的爸爸，大乔嫁给了孙权的哥哥孙策，小乔嫁给了周瑜。

乔国老听到消息时说，我怎么不知道呢？赶紧进宫给吴国太道喜。吴国太是谁？孙权的母亲。他说，国太，咱们是亲家啊，你家有这么大个喜事，女儿嫁给当世之英雄刘皇叔，我怎么不知道呢？吴国太说，我也不知道啊。这时候才露馅了，才知道孙权和周瑜暗自捣鼓，瞒着他母亲，其实他俩是想用孙尚香当诱饵，把刘备骗过来。吴国太气坏了。这事传出去，我老脸往哪儿搁？你这不孝之子，忤逆之子，把刘备先叫过来。

这时赵云已经拜会乔国老了，换句话说钱都给了。乔国老一劲儿地说好话。刘备是人才啊，去哪里找这样的好姑爷。老太太一见刘备，也觉得是个英雄，结果这事弄巧成拙了，孙尚香真的跟刘备结婚了。孙权一计不成，又使一计。我把你留在江东，好吃好喝地招待，以美酒美色消磨你的意志。

这时候赵云又打开另一个锦囊：荆州有事，曹操来犯，主公赶紧回去。孙尚香很有主意。她说，我既然嫁给你了，那我得为你打算，咱还是走吧。诸葛亮已经接应好了，告诉刘备怎么走，赵云怎么断后，这边荆州大军怎么接应。结果等周瑜追到的时候，接应的刘备大军也来了，一场大战把周瑜打得大败而走。诸葛亮告诉手下军士，隔着河大家一起喊“周郎妙计安天下，赔了夫人又折兵”。周瑜听了，气死了。“赔了夫人又折兵”就是这段典故。

别看孙尚香跟刘备年岁差距大，但是俩人很情投意合啊。后来出了什么事呢？刘备进四川，孙尚香在荆州。孙权起了坏主意，打发人告诉妹妹，咱老妈病危，你赶紧回来，把阿斗也抱回来，老太太想看看外孙。孙尚香就上当了，带着这阿斗回吴国了。

《三国演义》有名的一回“赵云截江夺阿斗”。赵子龙说，你虽然是我主子，是主公夫人，你走可以，你不能带走阿斗。孙尚香说，你敢拦我？赵云你不过是个下人。张飞赶来了说，嫂子，我可不是什么下人，我是主公的兄弟，你想把我侄子带走万万不能。这才把阿斗夺回来。孙尚香回到江东一看，吴国太有病是假的，但她也没法回去了，孙权也不放她回去。后来孙尚香越呆越憋屈。孙权还骗她，刘备打了败仗投河自尽了。于是孙尚香也追随他投河自尽了。

《三国演义》里的故事，给人感觉是恩爱夫妻最后难长久。是不是这样呢？《三国志》里的描述根本不是这么回事。怎么写的呢？俩人结婚后刘备一点都不幸福，孙尚香也不幸福。为啥呢？根据年龄看，刘备那时候50多岁了，孙尚香的年龄没有明确记载，但是根据孙权和孙坚的年龄推测，孙尚香当时是18岁至22岁之间，换句话说，正是大好的青春年华，孙尚香满脑子都幻想着美好爱情，然而却嫁给个半大老头子，心里头不乐意。

而且孙尚香还是个喜欢舞枪弄棒的女人，关于这一点，《三国志》和《三国演义》里的描述是一致的。洞房花烛当天，孙尚香想给刘备个下马威，让丫鬟拿着刀剑在洞房里候着。刘备一进洞房，看到的是剑和枪，吓坏了。

孙尚香乐了。大丈夫还怕兵刃？《三国演义》里说，当时兵器是收起来的，《三国志》里没这样写。刘备洞房花烛之夜，看着冰刃，心里不好受。最可乐的是《三国志》里写了一个真事，刘备后来专门设了个官职管这事儿，叫掌内事。掌内事是啥意思？管我的家务事。谁当这掌内事呢？倒霉的赵云，赵云成了家庭保镖。孙尚香不是让一帮丫鬟拿刀剑吗？那我带个贴身保镖。在这种情况下，两个人的生活能和谐吗？

最有意思的是，刘备打四川。《三国志》里有一章叫《庞统法正传》，庞统、法正都是刘备的谋士，诸葛亮给他俩写了封信。怎么写的呢？《三国志》里记载，刘备从荆州进了四川，好比鱼儿进了水、鸟儿上了天，心情好着呢，总不受家里这些难心事儿干扰了，估计在外边高兴着，一时半会儿回不来。什么意思呢？刘备跟孙尚香过得非常不痛快，天天大眼瞪小眼，度日如年。

后来孙尚香也回了江东，回去探亲。她跟刘备过得不和谐。因她是刘备老婆，所以在江东也不受待见。两头受屈。所以这段婚姻，其实两个人都是为了政治目的，谁也不幸福，是段失败的婚姻。

漂亮女人要当心

有人说，照你那么说，老夫少妻都不幸福？那少妻要是愿意呢？人家要真是对老夫挺认真呢？也有这样的例子，就是少妻真愿意跟老夫过，不过下场也大多不太好。历史上，王司徒巧使连环计，董太师大闹凤仪亭。

董卓把持朝纲，大臣都恨董卓。怎么能把董卓扳倒呢？曹操想了个主意，给董卓献七星刀，借机用刀刺杀。没想到董卓醒过来了，问他要干嘛。曹操赶紧说道，大人，我这儿有把家传宝刀给你。董卓一看，孟德有这心意，不错，收下吧。

接着，吕布等人回来了，一问过程，说不对呀，曹操要刺杀你，赶紧追他，他如果坦然回来，就是没这心思，如果跑了，那就是要杀你。曹操哪敢待着？跑了。这才有董卓追曹操。这些人要害董卓，有一个大障碍。吕布是他干儿子，他在董卓身前一挡，万夫难敌。为什么有“虎牢关三英战吕布”？吕布能耐大呀，《三国演义》中吕布排名第一。所以要除董卓必须得先除吕布。

可吕布那么大本领，谁能杀得了他呀？王司徒想到连环计。吕布是董卓的干儿子，不缺权利，不缺军事力量，不缺钱财，啥待遇都有，用什么击破他呢？女人。王允身边有个歌女貂蝉，十分美貌，在连环计里充当重要棋子，先用她勾引吕布。

王司徒宴请吕布。将军，到我家喝酒吧，光喝酒没意思，府上有歌女，上来献歌跳舞。貂蝉一跳舞，吕布的眼睛就直了，没见过这么漂亮的女人，被迷得神魂颠倒。王允就说，她是我的干女儿，你既然看上小女了，我选个好日子给将军送过去，让两位完婚。吕布乐坏了。

他一走，王允干吗？把貂蝉献给董卓了。他请董卓来家里吃饭。我的干女儿一直羡慕英雄，很崇拜大人，我献给你。他私下告诉貂蝉好好伺候董卓。貂蝉是带着任务去的，把董卓侍奉得很好。

吕布就问王允是怎么回事？我都管你叫爹了，人没给我送来，干吗呀？王司徒说，不是我对不起你，你走后第二天，董卓来了，说我这个女儿长得漂亮，非要见见，我只好让她出来。董卓看上她了，就带走了，这事儿不赖我，我有什么办法……

这是离间父子二人。而且，貂蝉还暗自勾搭吕布，于是干爹干儿子之间矛盾加大了。最后王允看见机会来了，劝吕布杀董卓。可怜这董卓，中了埋伏之后还在喊，我儿奉先何在？吕布冲出来说，爹，我在这儿呢。一刀把他捅死了。

郎才女貌的观念不流行了

有人说，看来老夫少妻真不行，真正的模范夫妻得是郎才女貌。靠谱吗？告诉大家，天底下最不靠谱的就是这四个字：郎才女貌。

有人说，你这不是胡说八道吗？怎么这也不靠谱了呢？《三国演义》里，曹丕有一个女人，叫甄姬。甄姬是二婚。曹操攻打邺城的时候，曹丕一看甄姬长得太漂亮，收回来当自己夫人了。

后来甄姬惨到什么程度呢？被曹丕给弄死了，把头发拽下来盖上脸，嘴里塞上糟糠，意思是你别吱声了。怎么对女人这么恨呢？

当时曹丕和甄姬确实是郎才女貌，曹丕是曹操的儿子，不仅能治理天下大事，而且文学水平也非常高。曹丕是大才子，甄姬漂亮，确实是郎才女貌。可是为什么说郎才女貌不靠谱？

你分析分析，男人的才能是上升的，岁数越大能力越强，若二十多岁就有才，四五十岁后你看看，历经生活阅历后，他的才能还会往上涨。才能是上升因素，女貌可不是，女人结婚的时候正是好时候，一朵花似的，过了五六十岁，年老色衰。俩人开始是郎才女貌一齐平，婚后，郎才往上涨，女貌往下降，差距拉开了。

随着年龄的增大，甄妃年老色衰，也爱唠叨了，经常抱怨曹丕。后来曹丕又娶了郭夫人。郭夫人不光智商高，情商也高，经常给曹丕出谋划策，教他如何在曹操面前跟弟弟曹植争宠。最后曹丕当上了皇帝，曹丕就更喜欢她了。

甄妃颜值越来越下降，加之她情商很低，一见曹丕就破口大骂，把曹丕气的。我当皇帝我还受你气？最后赐她一丈白绫，勒死了，勒死之后还把米糠塞她嘴里，意思到阴间你也给我闭嘴。这就是咱们古书上的那句话“以色侍人者，色衰而爱驰”，靠美色让别人喜欢你，等到你美色没了，他人对你的宠爱也就没了。

所以，女貌是下降因素，越往后越差。曹丕甄姬的例子就是典型。两个人在一块，郎才女貌不等于情投意合，情投意合是心灵上的沟通，我看你高兴，你看我高兴，这叫情投意合。

郎才女貌是啥呢？是一杆秤，这边是郎才，那边是女貌。开始时这秤是平衡的，随着时间的推移呢，就不平衡了。

不是说现实中不能有老夫少妻，不能讲郎才女貌。不是那个意思，而是说，无论是老夫少妻，还是郎才女貌，都必须有个大前提，两个人感情上是融洽的。我爱你，你也爱我，彼此愿意跟你厮守一生。在这个条件之下，越是郎才女貌，可能双方过得就越幸福，在别人眼里看着就越般配。如果不是情投意合，没有真情实感的交流，条件再般配，时间一转换，条件一变化，原有的一切就会土崩瓦解。

刘备和孙尚香，董卓和貂蝉，曹丕和甄姬，都是如此。时间一推移，条件发生变化，婚姻基础就不存在了。我们经常说，婚姻是爱情的坟墓，那是因为爱情转化为亲情后更瓷实了。婚姻中的激情减少了，但是感情应该是越来越浓烈。要没有这份感情，物质基础扎实的婚姻也会土崩瓦解。

重视物质基础是有道理的，但它不是唯一的标准。要是没有感情，所谓的物质基础不仅不是基础，反而成了空中楼阁，一旦坍塌，婚姻就会土崩瓦解。这也是我们解读《三国演义》里几对反面夫妻后得出的结论。还是那句话，感情世界的问题最终还要依靠感情来解决。

《三国演义》中的金牌“间谍”

遭遇反间，卧底们其实乐在其中？
演技爆表，谁是三国的明星特工？
蒋干盗书，历史的真相是什么？
没国家，没组织，为什么也能当间谍？

很多朋友非常喜欢看与间谍、谍报有关的影视剧和小说。间谍干的是什么活儿？第一样活儿，就是把敌人的真情报偷过来。除了这一项，其实间谍还有很重要的活儿，就是把己方的假情报送过去。这两件事同等重要。

间谍有基本要求。首先，你一定得有自己的智慧，判断事情该怎么办，智慧是第一位的；第二是你的演技，因为间谍有时候是卧底，你在敌人面前得装得像，得有演技；第三，就是怎么能保证你的智慧和演技稳定地发挥，你得有胆量，遇到事你就怕了，一怕了心就乱了，那么你的演技和智慧也就发挥不出来了。

《三国演义》波澜壮阔的历史画卷中，无数次的战争归结起来也是一场间谍大战。咱们今天就说说《三国演义》里的这些“间谍”，是怎么体现智慧、演技、胆量这三要素的。

智商堪忧型的间谍

做间谍，你得智商高。智商低，稀里糊涂不行。三国里就出了一个智商很低的间谍。谁？蒋干，蒋子翼。“蒋干盗书”是历史上很有名的一件事。

蒋干是曹操手底下的谋士，年轻的时候，他和江东的水军都督周瑜是同学，俩人关系不错。曹操带着八十多万精兵要和孙权打仗，会战赤壁。虽然说从兵力上来讲，曹操比孙刘联军实力要大得多，但是问题是北方人不习水战，来到长江打仗费劲。蒋干就说，主公，我跟周公瑾是同学，我愿凭三寸不烂之舌过江东，说服那周公瑾来降，这不省事了吗？曹操一想，你要真有这两下子，你就去吧。

蒋干去了，没想到周瑜一看他来，早都设计好套了，大摆夜宴，喝得醉醺醺的。今天不谈政治，不谈两方交战，咱就谈同学感情。意思是你看我周公瑾这边，势大财雄的，我怎么能甘心投降呢？不可能的事。

蒋干一看，完了，劝降是没戏了，白来一趟，回去脸面不好看，我不能白来，我划拉点情报吧。晚上周瑜留他在帐中同宿，蒋干哪儿想到这是周瑜故意的。他东翻西翻，翻着一封降书。谁写的呢？蔡瑁、张允。蔡瑁、张允是荆州降将，是曹操手底下唯一懂水战的武将，周瑜假冒他俩的名给他自己写信。意思是，我们正在训练水军，等时机成熟，斩曹操项上人头献给都督。蒋干一看吓出一身冷汗，我要不来，曹操命都没了。

他带着这封信，连滚带爬地回去了。曹操一看，急了，这俩人要害我，叫上来，给砍了。等人头献上来，曹操就明白，坏了，蒋干这混蛋，让我中了周公瑾的计策了。蒋干还不知道怎么回事呢，站那儿等着。我立这么大功，怎么曹操不赏我呢？

《三国演义》里说蒋干智商低，蒋干害曹操不止一回了。隔不长时间，蒋干又跑到江东，其实曹操心里已经琢磨了，你再过去，我恨不得周瑜把你弄死，怎么看你都来气。结果周瑜得了便宜卖乖。他说，子翼，上次你把那信给偷走了，害得蔡瑁、张允死了，我少了内应。蒋干气够呛。

这时候蒋干在江东巧遇庞统。庞统就说，周公瑾心眼儿小，我挺受气，不想在这儿待了。蒋干一听，先生您大才，卧龙凤雏，得一人安天下。他就把庞统带回去了。

庞统干吗呢？献连环计。他跟曹操说，北方人不适合水战，一上船晕头转向，我给你出个办法，用大铁链子把战船拴成串，战船互相之间有联系了，即使有风浪，也比较平稳，不就解决这问题了。

庞统献连环计是干什么的？周公瑾火烧赤壁的时候，让曹操用铁链子拴上船，跑都跑不了。这是庞统的一计。所以说，蒋干害了曹操两次。看起来蒋干是到敌人那边做间谍去了，其实干的事全是适得其反。

当然这是《三国演义》里故事化的夸张写法。真实历史上的蒋干没那么蠢。蒋干确实是过了江东，也跟曹操说，我跟周公瑾是同学，我到那边说说，看他能不能降。可去了之后，周瑜热情款待他，先领他到大营里边转。你看我这边兵精粮多，你看我手底下这些大将，这水平，这能力，你再看我作为大都督，我多威风，多有权利。我如何能降曹？不可能的。蒋干一看，呵呵一笑，拉倒了，很明智地回去了，并跟曹操禀报，说劝降这条道是死胡同走不通。蒋干知难而退，没那么愚蠢。

但是蒋干盗书式的反间计的方式，在历史上可是反复出现过的，而且出现的次数比较频繁。西汉的时候，楚汉相争，就出现过这种反间计的方式，类似蒋干盗书。

项羽手底下有个谋士叫范增，也是项羽的亚父。老头儿足智多谋，能力很强。刘邦跟项羽对抗，范增是最大的阻碍，刘邦就想把范增给除了。

刘邦手底下的谋士陈平想到一个主意。两方相争，总有来使，项羽派个使者过来了，陈平好生招待，好酒好肉，还送礼品，不停地问，范增先生现在怎么样了。问多了，使者说，对不起，我是大王项羽派过来的，不是亚父派过来的。陈平说，什么？不是亚父派你过来的？来，把茶点撤下去。对，我刚才给你的工艺品你也退给我。

使者一看，这是怎么回事，回去就跟项羽汇报了。项羽说，坏了，难道我的亚父范增暗通刘邦不成？就开始怀疑范增了。时间长了，二人之间有隔阂了，最后老头儿一生气，后背长了个大疮，病死了。

通过反间计的方式除掉敌方的谋士，三国之前和三国之后都有这样的事。而且历史上出了一个很大的惨案。明末的时候，有一位抗击大清的将领叫袁崇焕，很了不起。金庸先生的小说《碧血剑》里写过袁承志，他爸爸是袁崇焕。

袁崇焕在辽东一带跟皇太极开战，把皇太极打得屁滚尿流。皇太极没招了，使反间计，抓来明军的俘虏，故意让自己手下人在关押俘虏的帐外聊天说话。手下人故意说，别看袁崇焕能打仗，他同样是贪图高官厚禄，你看在大明崇祯皇帝那儿，官职也不高，就让他在辽东一带打仗，咱们大清皇上给的可是高官厚禄，听说这两天袁崇焕就要造反，就要归顺咱们大清。

第二天故意找个机会，把俘虏给放跑了。俘虏连滚带爬回去了，跟崇祯皇帝说，坏了，袁崇焕要反，他一反，辽东一带失守，出了山海关，离北京可就不远了，大明王朝危矣。

崇祯就信了。后来他对袁崇焕不仅不信任，还把他调回来，在北京凌迟处死，千刀万剐。有人说，皇帝可真是个昏君，能糊涂到这般程度？一个俘虏回来说两句话，你就信了？不管怎样，蒋干那时还拿回封信来，这个俘虏什么证据都没有。

其实如果仅仅是一个口信，不可能让皇上信以为真的。但凡出现这种情况，必是对这个人早已有了怀疑。

范增功高震主。本来项羽就是他的晚辈，是他的干儿子，但他不太拿项羽当回事。你虽然是义勇之夫，打仗厉害，可是谋略上不行，所以“鸿门宴”之后，范增一句话，把刘邦送的礼物都给捣碎了，“竖子不足与谋，吾属今为之虏矣”。就是说，你这傻小子，根本不足以跟你谈什么军国大事，将来你们都得让刘邦抓去。项羽能耐这么大，大伙儿捧着，这个小老头儿天天压着他，他心里有气，所以他心里对范增早就疏远了。

再说蒋干。其实蔡瑁、张允这两个人是刘表手底下的，等于是曹操占了刘表的地盘，人家蔡瑁本来就是刘表的小舅子。曹操用蔡瑁、张允是不得已，虽然这两个降将会训练水师，能够打仗，但其实曹操心里对蔡瑁、张允根本就不信任，所以蒋干盗了书信。曹操一看，这事正好加在一起了。

如果曹操对他很信任，假如说离间计说的是曹洪、曹仁、夏侯惇、夏侯渊要投降周瑜，曹操根本不会信。所以说，事情是有原因的。

袁崇焕据守辽东。将在外，君命有所不受。就有大臣对崇祯皇帝说，他带着大明一半的家底，万一他直接倒戈，从山海关杀过来，再跟清兵合到一块，咱们就完了。崇祯很长时间以来都觉得这是块心病，不用袁崇焕，不是，用了，也不是，所以俘虏回来一讲，他就信了，最后把袁崇焕杀掉。

间谍的作用能发挥多大，得看自己人对自己人的信任程度。不管怎么说，作为间谍应该具有的智慧，是特别特别重要的。怎样使用反间计，让事情促成，很关键。就像陈平，能力就很高，他故意一冷一热，一惊一乍，让使者充当了一个传声筒，这是反间计中最高明的手段。所以说，间谍首先得有智慧。

演技爆表型的间谍

第二点是得有演技。演技是什么？往往不是体现在怎样把情报带回来，而是怎样把假情报送出去。间谍分几种？有生间、死间。生间是说，人活着回来，把对方的真情报给带回来。死间是我冒着生命危险，把假情报给送出去，迷惑对方。

前面说的庞统庞士元，其实就是死间。如果过去之后，曹操不信任他，一声令下脑袋就搬家了。

《三国演义》里，为了把假情报送出去，这些死间者都冒着生命危险。赤壁之战，先是庞统献连环计，接着是黄盖使苦肉计，阚泽献诈降书。黄盖、阚泽两位都是死间，都想通过自己超一流的演技把假情报送出去。黄盖跟周瑜做好扣了，说曹操势力太大了，打不过人家赶紧投降吧。周瑜一来气说，你是东吴三世老臣，怎么能说这个话呢？黄盖就说，周公瑾你个黄口小儿，这么点岁数，敢跟我较真。

周瑜是大都督，把黄盖痛打了四十板子。老将军这时已经，六十多岁了，挨四十板子，皮开肉绽，代价是很大的。什么叫苦肉计？得演得像。他们演给曹操那边诈降过来的两员将领看，那两位一看没有破绽，戏演得好。周瑜也真来气，黄盖也真来气，俩人话赶话赶到这儿来了，打也是真打，确实把黄盖老将军打够呛。所以这个苦肉计是死间，一旦这个情报最后送出去没发挥作用，黄盖便白挨板子了。

情报怎么送出去呢？黄盖自己是出不去了，反正这边有内奸汇报说黄盖挨打了。谋士阚泽很有胆识，他知道黄盖和周瑜是在演戏，便说，老将军，我不让你白挨打，我愿意过江献诈降书，阚泽过江献诈降书，献上黄盖的诈降信。

黄盖的意思是，告诉曹操，我早就对周公瑾不满了，您的兵打过来，我里应外合，咱们以火箭为号，然后我就叛变。诈降书一献过去，曹操一看，哈哈大笑，把阚泽给我绑起来，前边你们就蒋干盗书让我上一当，现在你又来献诈降书，推出去斩了。

一般人会吓坏了，阚泽却哈哈大笑。有胆识的人遇到危险时有时会笑。为啥笑呢？因为敌方以为识破你的计谋了，要杀你，你应该悲啼才对，为什么乐呢？他会好奇，就是你逆袭的时机。

阚泽哈哈大笑。曹操说，回来回来，你乐什么？阚泽说，我笑曹公不识人，不识天下大事。曹操说，如果你是真降，为什么不在降书上约定时间和地点？

阚泽说，妄你曹孟德自称通晓兵书战策，你需知道两军对垒，天有不测风云，顷刻之间瞬息万变，你在这儿定好了，战场上有变化怎么办？所以不能在诈降书里定具体的时间地点。把曹操说得哑口无言，就信他了。

阚泽和黄盖两个人，若有一个人演技差点，事情就会败露。这种情况下，要把假情报送出去，演技得非常高超才行。

无组织型的间谍

作为间谍，最后一个条件就是你的胆子得大，因为只有胆量大，你才能够具备平稳的心态，把你的目的顺利达成。

前面我们说的阚泽等人，都是胆子大，把生死置之度外。《三国演义》里有一个奇葩间谍，胆子最大。为啥说他奇葩？咱们前面说的这些间谍，都是有组织的，黄盖、阚泽是周瑜这边的，蒋干是曹操这边的。可是我说的这个间谍没组织，最后他的主人都投降了，他还去当间谍，这就奇怪了。这人是谁？姜维，姜伯约。

一说姜维，很多朋友说，《三国演义》中诸葛亮死了之后，要说能耐大的人，姜维得排前头。

姜维本来是曹魏这边的人，后来天水关与诸葛亮交锋的时候，他的顶头上司马尊怀疑姜维可能投降，就跑回去了，姜维追他主子没追上。回到天水关的时候，大本营这边不敢让他进来，怕他真投降了。姜维被逼得走投无路了，没招了，才投降了诸葛亮。

当然，他非常崇拜诸葛亮，诸葛亮的人格魅力很强大。姜维归顺了蜀汉之后忠心耿耿。当时曹魏势大，已经打进蜀汉地界。钟会打过来后，和姜维两个人在剑阁对垒。没想到钟会偷渡阴平，走小道，最后打开成都大门，后主刘禅昏庸无能投降了，命令前方的姜维马上向钟会投降。姜维经过激烈思想斗争，到钟会那儿投降。钟会说，你怎么来这么晚呢？姜维沉痛地说，我都来早了，你知道吗？钟会很佩服姜维，一看这个人是忠臣，是没招了，他主子投降了，他才来降我了，这也是听他主子的。要不是没办法，这人战死都不会降的。

姜维为什么来投降钟会？他有他的算盘。他早就打听到了，钟会、邓艾两人在司马昭那边都是属于能耐大的，但是这两个人不和，而且钟会早有谋反之意，不甘心在司马昭手底下做。所以姜维就兵行险招，胆量奇大地设计了一套方略。你不是有反意吗？你也知道我姜维能耐大，我投降你了，死心塌地地辅佐你，咱俩加一块，你造反的成功概率就提高了不止一倍。

姜维是真心想帮钟会造反吗？不是。他是借钟会之手把敌国的天下搅乱，把这些将领杀掉，回头他再杀钟会。为什么？还是为了兴复蜀汉大业。姜维下了一盘很大的棋，也确实忠心耿耿，而且是兵行险招，他的胆子相当大。

姜维对蜀汉忠心耿耿，是因为有坚定的信仰，同时这个人胆子还特别大。但可惜的是，姜维和钟会两人操之过急，在谋反的过程中被发现了，最后都死在了敌国将领的手里。

杀了他们二人之后，这些将领都很生气，姜维怎么这么坏？投降过来，还撺掇钟会谋反，差点把我们的命都要了，把他千刀万剐吧。然后，他们就把姜维的尸首给剐了。剐开后发现一个奇特现象，姜维的胆，可谓胆大如斗，就跟胃似的。当然那是夸张。但由此就看出来，姜维的胆的确大得吓人。后世说，姜伯约胆大如斗，形容他的胆量是非常大的。

不管你有多高的智慧，多好的演技，多大的胆子，间谍做得成功与否，还得在于你的主子是不是英明的人。姜维这么大的能耐，他的主子是后主刘禅，这没办法。

蜀国后主刘禅昏庸无能。有人说，当初刘备摔孩子收买人心给他摔傻了。其实他天生就智商不高。后来刘禅投降了司马昭，当时他手底下有个谋士，对他说，你不能总在这里待着，天天享乐，得想法回蜀中。刘禅说，我怎么能回去？谋士告诉他，说司马昭再问你，你就说我想念家乡，先人的坟还在那儿，你要哭，他可能就放你回去了。

果不其然，过两天司马昭请刘禅吃饭，又是秧歌又是戏的。不一会儿，他出去上厕所。谋士说，主公，你得哭。司马昭问他，你在这里待得怎么样？刘禅想起谋士跟他说的话，就假装哭，哭不出来就闭着眼睛说先人坟还在蜀中，我得回去。司马昭一听，这话不像你自己想的。所以后世有成语叫“乐不思蜀”。你想，姜维保了这么一个昏庸无道的主，他能好得了吗?

间谍作用发挥的成功与否，还要看你的主子是否英明，是否对你绝对信任。间谍在战争当中发挥的作用，就如同和平时期各个岗位的人才。对那些有才华的属下，只有重视他们、充分信任他们，他们才能发挥最大的作用。